Anne Amrum

SOKO NORD

Blut auf Föhr

Syltkrimi
Nordseekrimi

Aus dieser Reihe bisher erschienen:

Buch 1: SoKo Nord – Eine Leiche im Leuchtturm

Buch 2: SoKo Nord – Die Tote von Pellworm

Buch 3: SoKo Nord – Mord auf Amrum

Buch 4: SoKo Nord – Schnee auf Sylt

Buch 5: SoKo Nord – Blut auf Föhr

Das ist ein Kriminalroman und somit reine Fiktion. Sämtliche Personen und deren Handlungen sind frei erfunden. Ähnlichkeiten mit tatsächlich lebenden oder toten Personen (inklusive zufälliger Namensgleichheiten) und /oder Ereignissen sind nicht beabsichtigt und wären rein zufällig.

An dieser Stelle versichere ich, die Autorin, für die Darstellung und Erwähnung diverser gastronomischer, kultureller und touristischer Einrichtungen oder für die Verwendung von Markenbezeichnungen in diesem Buch keine Bezahlung oder anderweitige Zuwendung erhalten zu haben.

Copyright © 2025 Anne Amrum
Alle Rechte vorbehalten.
ISBN: 9798345113578
Imprint: Independently published

Zu heiraten war ein Fehler.

Irma Buttig, Hausfrau

VIER WOCHEN ZUVOR

1

Online-Therapie-Plattform, Freitag, 10:01 Uhr, Chat mit Dr. Hanna Beerensen.

Irma: Moin, Dr. Beerensen.
Dr. Hanna Beerensen: Moin Irma, wie geht es Ihnen?
Irma: Nicht gut. Meine Hände zittern, ich kann kaum tippen.
Dr. Hanna Beerensen: Oh, Irma, es tut mir leid, das zu lesen. Ist wieder etwas passiert?
Irma: Ja . . . gestern Abend. Ich hasse es, wenn er betrunken heimkommt, er ist dann immer so widerlich, aber gestern . . .
Dr. Hanna Beerensen: Lassen Sie sich Zeit, Irma. Ich weiß, es ist nicht immer einfach, die richtigen Worte zu finden. Aber ich bin da und Sie können mir alles sagen.
Irma: Das weiß ich, danke. Ich bin noch so durcheinander. Torsten kam gegen Mitternacht, hat die Tür zugeschlagen, und ich wusste sofort, dass es schlimm wird. Ich hab so 'ne Angst gehabt, ich bin immer noch ganz fertig.
Dr. Hanna Beerensen: Das klingt wirklich schlimm, Irma. Können Sie mir erzählen, was passiert ist? Ich bin hier und hör Ihnen zu.
Irma: Er war laut, er hat in der Küche rumgepoltert, Flaschen sind umgefallen. Dann hat er nach mir gebrüllt, ich soll aufstehen und ihm was zu essen machen. Ich hab so getan, als würde ich schlafen, aber er kam ins Schlafzimmer, hat die Decke weggerissen und mich angeschrien, warum ich so faul bin. Ich bin aufgestanden, weil ich wusste, dass er sonst noch wütender wird. Hab ihm Brot und Wurst

hingestellt, aber dann . . . er hat gesagt, ich soll mich ausziehen. Einfach so, in der Küche.
Dr. Hanna Beerensen: Oh, Irma, das ist schrecklich. Wie haben Sie reagiert?
Irma: Ich hab NEIN gesagt, ich hab's versucht. Er hat mich eine wertlose Schlampe genannt, gesagt, wenn ich nicht tue, was er will, schlägt er mir die Zähne aus. Er hat mich schon früher geschlagen, aber nur so, dass es blaue Flecken gab, nicht so brutal . . . ich hatte echt Angst, hab nur gezittert. Und dann . . . dann hab ich's gemacht. Ich hab mich ausgezogen, weil ich Panik hatte. Er hat mich dann angeglotzt und mich beschimpft.
Dr. Hanna Beerensen: Irma, das ist absolut schrecklich, und ich bin sehr froh, dass Sie mir schreiben. Was Torsten getan hat, ist psychische und sexuelle Gewalt.
Irma: Ich dachte, er würde, ich dachte wirklich, er . . . aber er war wohl zu betrunken. Nach dem Essen zerrte er mich ins Schlafzimmer, aber dann schlief er dort ein, bevor . . . na, Sie wissen schon.
Dr. Hanna Beerensen: Irma, das tut mir so leid für Sie. Denken Sie nicht, es wäre an der Zeit, ihn anzuzeigen? Sie wissen, Sie können dabei auf mich zählen. Ich würde Sie dabei beratend unterstützen. Natürlich kann ich im Rahmen der Online-Beratung leider nicht vor Ort helfen, wie zum Beispiel die Polizei oder eine Frauenschutzeinrichtung. Es wäre für Sie von Vorteil, wenn Sie konkrete Hilfe vor Ort in Anspruch nehmen. Wo sind Sie denn zu Hause?
Irma: Das will ich lieber nicht sagen, mir ist meine Anonymität wichtig. Außerdem würde mir eine Anzeige nichts bringen, mir glaubt doch ohnehin keiner. Mein Mann streitet alles ab und ich steh wie eine Idiotin da. Am Ende sagen noch alle, ich hätte nicht alle Tassen im Schrank. Und ich würde sterben vor Angst, was er mir dann antun würde.
Dr. Hanna Beerensen: Wie fühlen Sie sich, während Sie das schreiben?
Irma: Schrecklich. Ich fühle mich so ohnmächtig und ich schäme mich. Ich verabscheue ihn. Ich will mich nicht zu ihm ins Bett legen, aber ich muss . . . jede Nacht. Ich weiß einfach nicht, was ich tun soll . . . ich bin ganz allein . . .

Dr. Hanna Beerensen: Haben Sie keine Familie oder Freunde, die für Sie da sind?
Irma: Nein, ich habe niemanden. Meine Eltern starben schon vor Jahren und Geschwister habe ich nicht. Zu heiraten war ein Fehler. Dadurch bin ich weggezogen von dort, wo ich früher gewohnt habe, und seither hab ich auch mit meinen ehemaligen Freundinnen keinen Kontakt mehr. Es gibt hier nur mich, Torsten und seine Eltern, die gegenüber wohnen. Aber die sind keine Unterstützung für mich. Manchmal denke ich, sie hassen mich.
Dr. Hanna Beerensen: Warum denken Sie das?
Irma: Weil ich keine Kinder bekommen kann. Das nehmen sie mir übel und ich denke, Torsten auch. Er hat die Tischlerei von seinem Vater übernommen und wollte sie immer an seinen Sohn weitergeben, aber es klappt einfach nicht.
Dr. Hanna Beerensen: Wie lange haben Sie es denn versucht?
Irma: Wir haben vor 21 Jahren geheiratet und seit damals eben. Vielleicht wäre alles anders gekommen, wenn wir Kinder hätten. Vielleicht wäre ich dann auch nicht so allein.
Dr. Hanna Beerensen: Sie sind nicht allein, Irma, ich bin hier, und ich bin für Sie da, so gut ich kann. Wir haben schon oft darüber gesprochen, wie schwer es ist, wenn die Gewalt unsichtbar bleibt. Aber sie ist real - die Drohungen, die Erniedrigungen, die Angst, die Sie empfinden. Das alles zählt, und es erfordert viel Kraft, damit fertig zu werden.
Irma: Ich habe kaum noch Kraft und bin so müde. Ich will einfach, dass es aufhört.
Dr. Hanna Beerensen: Ruhen Sie sich ein wenig aus, Irma. Sie sind stärker, als Sie denken, und gemeinsam finden wir einen Weg, damit es aufhört.
Irma: Danke, dass Sie mir zuhören. Ich melde mich wieder.
Dr. Hanna Beerensen: In Ordnung. Alles Gute, Irma.

EINE WOCHE ZUVOR

2

Chat: Online-Therapie-Plattform
Donnerstag, 10:00 Uhr

Irma: Moin, Frau Doktor. Ich bin's, Irma.
Dr. Hanna Beerensen: Moin Irma, wie geht es Ihnen heute?
Irma: Nicht gut. Torsten war letzte Nacht wieder betrunken, und es war schlimmer als je zuvor. Er hat . . . er hat was Neues gemacht, um mich einzuschüchtern. Ich bin so fertig, ich weiß nicht mehr weiter . . .
Dr. Hanna Beerensen: Oh, Irma, das hört sich sehr schlimm an und ich spüre, wie viel Angst Sie haben. Möchten Sie mir erzählen, was er getan hat? Nur so viel, wie Sie mögen, und in Ihrem Tempo.
Irma: Er kam heim, gegen neun, hat die Tür zugeknallt, und ich hab sofort gewusst, dass er getrunken hat. Er war laut, hat in der Küche rumgeschrien, dass ich 'ne nutzlose Schlampe bin, weil das Essen bereits kalt war. Ich hab versucht, ruhig zu bleiben, hab ihm was aufgewärmt, aber dann . . . dann hat er wieder verlangt, dass ich mich ausziehe und ihm das Essen nackt serviere . . . aber diesmal hab ich NEIN gesagt. Ich hab NEIN gesagt, obwohl ich gezittert hab.
Dr. Hanna Beerensen: Das ist gut. Sie haben sich behauptet, das ist ein wichtiger Schritt.
Irma: Nein, ist es nicht. Ich habe alles nur noch schlimmer gemacht. Er hat mich nur noch ordinärer beschimpft und gedemütigt und dann hat er das Messer genommen, das große Küchenmesser, und ist damit auf mich zugekommen. Er hat's mir an die Kehle gehalten und gesagt, ich soll gefälligst machen, was er sagt.

Ich hab die Klinge gespürt, kalt und scharf. Ich hab so gezittert, konnte kaum stehen, aber ich hab mich ausgezogen und ihm sein verdammtes Essen nackt serviert. Aber dann verlangte er, dass ich mich zu ihm setze . . . so nackt wie ich war. Damit er an mir rumgrapschen konnte . . . damit ich als seine Frau zumindest irgendeinen Sinn hätte . . . aber damit war es nicht vorbei. Nach dem Essen hat er mich ins Schlafzimmer genötigt, um, nun ja, Sie wissen, was ich meine. Diesmal hat er es wirklich getan.
  Dr. Hanna Beerensen: Oh Irma, das ist unvorstellbar grausam, und ich bin entsetzt, das zu lesen. Es ist mutig von Ihnen, dass Sie mir schreiben, trotz all des Schmerzes und der Angst. Was Torsten getan hat, ist sexuelle Gewalt, eine klare Eskalation seiner Drohungen. Können Sie mir schreiben, wie Sie sich jetzt fühlen?
  Irma: Ich fühl mich wie ein Geist. Als wäre ich nicht mehr ich. Ich hab Ekel, wenn ich an ihn denke, an sein Gesicht, seine Hände, überhaupt alles, was körperlich ist an ihm . . . und dann das Messer. Er hat es neben mich gelegt, als er mich zwang, mit ihm zu schlafen . . . direkt neben meinem Kopf. Er hat gesagt, ich gehör ihm, und wenn ich das nicht kapier, wird es nur schlimmer für mich. Ich hab einfach nur dagelegen, geweint und gewartet, bis es vorbei war. Danach ist er eingeschlafen, und ich bin ins Bad gelaufen, hab geduscht, bis das Wasser kalt war, aber ich fühl mich immer noch so dreckig.
  Dr. Hanna Beerensen: Das ist verständlich, Irma, aber so dürfen Sie nicht denken. Sie sind nicht die, die sich schämen sollte. Ich wünschte wirklich, ich könnte mehr für Sie tun.
  Irma: Es ist beruhigend für mich, dass Sie da sind. Dass ich jemandem alles sagen kann, ohne dass es Konsequenzen hat. Denn ich kann ihn nicht anzeigen . . . und ich kann ihn auch nicht verlassen. Allein der Gedanke macht mir Panik. Er hat gesagt, wenn ich geh, findet er mich und bringt mich dann um. Ich glaube, er meint das ernst. Er ist so wütend, wenn er trinkt, und jetzt mit dem Messer . . . ich denke, er macht's wirklich.
  Dr. Hanna Beerensen: Seine Worte dienen dazu, Sie kleinzuhalten, Irma, aber sie sind nicht wahr. Sie

sind so viel mehr, als er Sie glauben lässt. In Wahrheit sind Sie stark - viel stärker, als Sie denken.
Irma: Aber so fühle ich mich nicht, ich fühl mich so beschmutzt und ich schäme mich so sehr für die Dinge, die ich zulassen muss.
Dr. Hanna Beerensen: Sie sind nicht schwach, Irma. Sie schreiben mir trotz Ihrer Angst - das ist Stärke, auch wenn es sich nicht so anfühlt. Nehmen Sie sich morgen eine kleine Auszeit, um etwas zu tun, das Ihnen guttut.
Irma: Ja, vielleicht. Danke. Ich bin so müde, ich melde mich wieder.
Dr. Hanna Beerensen: Irma, ich warte morgen auf Ihre nächste Nachricht. Passen Sie auf sich auf. Sie sind stärker, als Sie denken.

Ich hab noch nie eine Leiche gesehen.

Hark Riewerts, Polizeimeister

SAMSTAG
23:37

3

Die Luft ist feucht, riecht nach Zitronenseife und dem schwachen Hauch von Zahnpasta, der aus der offenen Tube in Mia Arfstens Hand aufsteigt. Das Badezimmer ist eng, die Wände mit feinen Rissen durchzogen, die Fliesen an den Rändern abgesplittert, die Fugenmasse bröckelig. Das Waschbecken aus Email, das an etlichen Stellen gesprungen ist, gehört ebenso erneuert wie der fleckige kleine Spiegel, der darüber hängt.

Diesen Raum wird sie als Nächstes renovieren, Küche und Schlafzimmer hat sie schon geschafft. Keine Meisterleistung, wenn man bedenkt, dass sie erst vor zwei Jahren eingezogen ist, aber mit einem Polizistengehalt kann man eben keine großen Sprünge machen. Dennoch hat sie keinen Grund, sich zu beschweren, denn sie hat das entzückende kleine Reetdach-Häuschen von ihrer Großmutter geerbt und dadurch schon mal den Betrag für die Anschaffung gespart.

Mit der Zahnpastatube in der einen Hand und der Zahnbürste in der anderen zieht sie eine Grimasse für ihr Spiegelbild. Wie üblich findet sie sich zu blass, mit viel zu vielen Sommersprossen, während sie nach neuen Falten Ausschau hält. Mit ihren sechsundzwanzig Jahren hat sie schon einige – zu behaupten, dass sie darüber erfreut wäre, trifft es nicht ganz, aber es hat den positiven Nebeneffekt, dass man sie für reifer und kompetenter hält. Das kommt ihr im Job zugute.

Just als sie die Paste aus der Tube drückt, gibt ihr Handy, das neben dem Waschbecken liegt, einen schrillen Ton von sich. Ein Geräusch, das durch die Stille des Badezimmers schneidet und Mia zusammenzucken lässt. Die Zahnbürste mit der Zahnpasta darauf rutscht ihr aus der Hand und landet auf ihrer schlabbrigen Flanell-Pyjamahose ein, bevor sie auf den dunklen Fliesenboden fällt.

»Ach nee«, stöhnt sie genervt, hebt mit einer Hand die Zahnbürste auf und greift mit der anderen nach ihrem Smartphone.

Schon der sirenenartige Klingelton macht klar, dass es sich um einen Notfall handelt – schließlich hatte sie diesen extra für Notfälle ausgewählt, um ihn nicht zu überhören. Dass ihr Handy in voller Lautstärke in ihrem winzigen Badezimmer losschellen würde, hatte sie dabei nicht bedacht. So oft kommt es schließlich nicht vor, dass jemand anruft, wenn sie Bereitschaft hat. Ihre Heimatinsel Föhr ist – alles in allem – eine Ansammlung von recht verschlafenen Nestern.

Sie ist nicht die Einzige, die heute Nacht Bereitschaft hat, ihr Kollege Hark wurde ebenfalls dafür eingeteilt. Aber da sie ein oder zwei Dienstjahre mehr auf dem Buckel hat, läutet es zuerst bei ihr.

Was es wohl diesmal für ein *Notfall* ist? Ihr bisheriges Highlight war ein zugedröhnter Tourist, der wissen wollte, wo das Meer ist. Dieser Typ war so hackedicht gewesen, dass sie nicht rausfand, ob er es nicht über den Deich schaffte oder ob die Ebbe das Problem war.

Tja, bei Bereitschaft weiß man eben nie, was kommt. Sie wischt mit dem Handtuch die Zahnpasta von der Pyjamahose und nimmt das Handy ans Ohr.

»Polizei Föhr.«

»Meine Frau ist tot.«

Die Stimme, die an ihr Ohr dringt, gehört eindeutig einem Mann, klingt jedoch ungewöhnlich emotionslos.

»Wie bitte?« Ihre Hand umklammert das Handy fester und ihre nackten Füße treten unruhig auf der Stelle.

»Meine Frau ist tot«, wiederholt der Anrufer, dessen Stimme immer noch eigenartig monoton klingt.

»Wer ist dran?«

»Torsten Buttig.«

»Buttig? Von der Tischlerei Buttig?« Der Name kommt ihr wegen des Schlafzimmerschranks bekannt vor, den sie erst kürzlich restaurieren ließ. Auf Föhr gibt es nicht viele Tischlereien, aber eine davon ist eben die Tischlerei Buttig, der sie den Auftrag nicht erteilte, weil sie sich mit der Tischlerei in Wyk einig wurde.

»Ja«, sagt er und nichts weiter.

»Wo sind Sie jetzt?«

»Zu Hause.«

»Geben Sie mir die Adresse«

»Dunsum, Sielweg 2«, sagt er.

Mia schreibt es mit dem Lippenstift auf den Spiegel.

»Haben Sie den Notarzt gerufen?«

»Wozu? Sie ist tot.«

Die Monotonie in seiner Stimme lässt Mia frösteln, während sie auf die blutrote Notiz auf ihrem Spiegel starrt.

»Bleiben Sie, wo Sie sind. Wir kommen«, würgt sie heraus, legt auf und tippt Hark Riewerts' Nummer an. Es ist ein Pech, dass der Kollege, der mit ihr heute Bereitschaft hat, der einzige ist, der noch jünger und unerfahrener ist als sie selbst.

Ob sie den Chef anrufen soll? Nee, vielleicht besser doch erst vor Ort gucken, was Sache ist. Hark ist letztes Jahr einem Scherz zum Opfer gefallen, weil jemand ankündigte, einen gewissen Erwin zu erschlagen. Er hatte sofort Polizeihauptkommissar Braren geweckt und vor Ort stellte sich raus, das es sich bei besagtem Erwin um einen Papagei handelte. Auch ein schützenswertes Leben, keine Frage, aber Melf Braren ist leider ein humorloser Vorgesetzter und nachtragend noch dazu.

Nee, sie und Hark werden die Lage vor Ort checken, bevor sie ihn in seinem Schönheitsschlaf stören.

Allerdings kann es nicht schaden, den Notarzt zu verständigen. Dr. Hansen ist ein gutmütiger Mann, er wird es ihr auch verzeihen, wenn es sich um einen falschen Alarm handelt.

4

Obwohl es bereits Juli und damit Hochsaison ist, ist die Nacht still, als Mia Arfsten den Streifenwagen durch die schmalen Straßen lenkt, die sich wie dunkle Bänder durch die Insel ziehen. Die Scheinwerfer schneiden weiße Kegel in die Finsternis, streifen niedrige Zäune, windschiefe Bäume und die Silhouetten von Reetdachhäusern, die im Dunkel kauern. Sie hat ihr Seitenfenster runtergefahren, um die frische Luft hereinzulassen, die hier immer den salzigen Geruch des Meeres mit sich trägt.

Ihre Hände umklammern das Lenkrad viel zu fest. Sie ist angespannt und nervös, weil sie nicht weiß, was sie erwartet. Sie hätte nachfragen sollen, um mehr über die Tote in Erfahrung zu bringen.

Ist sie einfach im Schlaf verstorben? Oder einem Unfall im Haushalt zum Opfer gefallen? Oder an einem Hühnerknochen erstickt? Oder . . .?

Nein, an ein Verbrechen will sie lieber gar nicht erst denken. Das ist in Dunsum auch ziemlich unwahrscheinlich. Wie viele Häuser gibt es dort? Vier oder fünf? Sie und ihr Kollege Hark Riewerts, der neben ihr auf dem Beifahrersitz sitzt und sich unentwegt die schwitzigen Hände an der Uniformhose trocken reibt, kommen beide aus Wyk, der Hauptstadt, die zumindest viertausendvierhundert Einwohner ihr Eigen nennt. In die entlegenen Dörfer kommt sie selten, in Dunsum war sie noch nie.

Hark hüstelt.

Das ist so typisch für ihn, denkt Mia. Er macht es immer, bevor er zu sprechen beginnt. So als ob er Anlauf nehmen müsste.

»Was hat der Anrufer noch erzählt?«, hakt er nochmals nach, obwohl sie ihm schon alles, was sie weiß, mitgeteilt hat.

»Nur das, was ich dir bereits sagte.«

Als ob die Informationen, über die sie verfügt, sich auf wundersame Weise vermehren würden, bloß weil er seine Frage wiederholt, denkt sie und streift ihn mit einem Blick. Im selben Moment tut ihr ihre scharfe Antwort leid. Hark sieht so ängstlich aus – wie ein verschüchterter Junge, den man in eine Uniform gesteckt hat, die ihm zwei Nummern zu groß ist. Der Flanellärmel, von dem ein kleines Stück unter der Uniformjacke hervorlugt, könnte von einem Pyjama sein. Seine Füße scharren unruhig über die Fußmatte und wenn er sich die Hände nicht gerade trocken wischt, knetet er mit einer Hand die Fingerknöchel der anderen.

»Er sagte, seine Frau ist tot«, wiederholt sie, »und sein Name ist Torsten Buttig. Von der Tischlerei Buttig.«

»Und du denkst, er hat sie umgebracht?«

»Nein, natürlich nicht. Er war nur . . . ich weiß auch nicht, wie ich das sagen soll . . . seine Stimme klang irgendwie seltsam.«

»Vielleicht, weil er von ihrem Tod überrascht wurde?«, sinniert Hark.

»Ja, vielleicht.«

Die Straße wird nun enger, die Scheinwerfer streifen die Grasbüschel am Rand.

»Fahr mehr in der Mitte«, sagt Hark. »Es kommt uns doch eh niemand entgegen.«

Mia presst die Lippen aufeinander. Sie mag Hark, er ist ein lieber Junge, aber sie hasst es, wenn er ihr ungebetene Ratschläge beim Fahren gibt.

»Ich hab noch nie eine Leiche gesehen«, murmelt er in die Stille. »Du?«

»Schon. Meine Oma. Die atmete plötzlich nicht mehr . . .«

»Ich meinte im Dienst«, sagt Hark und scharrt weiter mit den Füßen.

»Wo ist da der Unterschied? Tot ist tot, oder nicht? Und in der Familie ist das nochmal schlimmer, immerhin liebst du deine Verwandten . . . ich glaube, dort vorn ist es.«

Vor ihr tauchen zwei Häuser auf, die einander gegenüberliegen. Eines ist ein altes Gebäude mit Reetdach, das andere ein neuer, funktioneller Bau, der in einem unauffälligen hellen Grau gestrichen wurde.

»Da stehen Leute«, sagt Hark, als die Scheinwerferkegel drei Gestalten erfassen.

Mia sieht sie auch. Ein großer, kräftiger Mann in einem karierten Hemd, die Hände in den Taschen seiner Jeans, daneben ein älterer Mann von durchschnittlicher Größe in einem grauen Morgenmantel, der ihm bis zu den Knien reicht und eine ältere hagere Frau in einem altrosa Morgenmantel, der wie eine Decke über ihren gebeugten Schultern hängt.

Mia bremst vor den dreien ab und parkt den Wagen auf der Grünfläche neben der Straße. Sie steigt so schnell aus, dass sie sich beinahe im Gurt verheddert.

»Herr Buttig?«, fragt sie den großen Mann im karierten Hemd, der neben den anderen beiden wie ein Riese wirkt.

»Ja.«

Seine Stimme ist nicht mehr ganz so monoton, sondern klingt nun eher rau – sie erkennt sie trotzdem sofort als diejenige, die sie vorhin am Telefon gehört hat. Doch was an dem Mann wirklich auffällig ist, ist sein Blick. Der ist eigenartig. Er hat etwas unangenehm Stechendes, das sie frösteln lässt.

Als er näherkommt, bemerkt sie, dass er schwankt. Ob das vom Schock herrührt? Nee, wohl mehr vom übermäßigen Alkoholgenuss. Jetzt, wo er vor ihr steht, kann sie seine Fahne riechen. Der Kerl hat ordentlich getankt.

»Wo ist Ihre Frau?«

»Oben im Schlafzimmer.« Er wendet die Augen von ihr ab und starrt auf seine Sneakers.

Mia folgt seinem Blick und entdeckt rote Spuren auf den weißen Nikes.

»Führen Sie uns hin«, sagt Hark.

»Nee . . . das, nee . . .«, sagt Buttig und zieht eine hässliche Fratze. »Da gehen Sie mal alleine hoch.«

Daraufhin schaltet Hark seine Taschenlampe ein und leuchtet Buttig mitten ins Gesicht. Obwohl jener sich sofort abwendet, fängt der Lichtkegel für einen Moment sein verzerrtes Gesicht ein.

Schlagartig geht Mias Puls hoch. Verdammt, was ist hier los?

»Okay, wir sehen nach«, sagt sie so bestimmt wie möglich. Um Oberwasser zu bekommen, befiehlt sie dem großen kräftigen Mann, das zu tun, was er ohnehin beabsichtigte. »Sie warten hier.«

Ihr Atem geht stoßweise, als sie die enge Holztreppe hocheilt. Der Flur oben ist ebenfalls schmal, drei Türen gehen davon ab, eine steht offen. Aus diesem Raum fällt Licht auf den Flur.

Mia spürt, wie ihr Herz sich vor Aufregung beinahe überschlägt, als sie darauf zueilt.

An der Türschwelle prallt sie zurück, als wäre sie gegen eine unsichtbare Wand gestoßen. Auf dem Doppelbett liegt eine Frau. Nackt und mit nach oben gestreckten Armen. Ihre Haut ist blass, fast weiß im Kontrast zu dem vielen Rot, das sie umgibt.

Die unzähligen Wunden, die ihr Körper aufweist, sind brutal – als wäre der Angriff in völliger Raserei erfolgt. Das Blut hat sich in einer dunkelroten Lache um ihre Mitte gesammelt. Ein wenig davon ist auch auf den Teppich getropft.

Dazu kommt der Geruch, ein entsetzlicher, schwerer, metallischer Gestank nach Blut, vermischt mit Urin, der sie zum Würgen bringt. Mia presst sich instinktiv beide Hände auf den Mund, um nicht loszuschreien.

Hark, der auf der Treppe hinter ihr war, überholt sie nun. Auch er stoppt scharf. Die Taschenlampe entgleitet ihm und bevor Mia klar ist, was passiert, erbricht er sich in einem Schwall auf den Teppich.

»Hark!«, zischt sie, aber im selben Moment spürt sie, wie ihr eigener Magen rebelliert.

Sie dreht sich auf dem Absatz um, flüchtet aus dem Raum, taumelt die enge Treppe hinunter und hetzt ins Freie.

Dort lehnt sie sich gegen die Wand und kämpft

gegen die Tränen an, die plötzlich fließen wollen, und die sie gerade überhaupt nicht brauchen kann. Ihr ist übel und sie ist völlig überfordert. Wie von selbst fummeln ihre Finger in der Jackentasche nach dem Handy. Wenn das kein Grund ist, Melf Braren anzurufen, was dann?

Wir mögen es nicht, wenn uns jemand sagt, was wir tun sollen.

Max König, Kriminaloberkommissar

SONNTAG
02:41

5

Sie wüsste gerne, woher sie den Mann kennt, der sich zu ihr hinüberbeugt. Sein Aftershave nimmt sie gefangen, sein Lachen macht sie ganz kribbelig und seine tiefen Blicke gehen ihr unter die Haut. Alles an ihm ist ihr so vertraut, doch gleichzeitig fällt ihr nicht mal sein Name ein. Seine Lippen streifen ihr Ohr, als er ihren Namen flüstert, und diese Berührung sendet heiße Wellen durch ihren Körper, lässt sie erbeben.

Sie rekelt sich auf dem Barhocker, schließt die Augen und taucht ein in eine Welt, die nur noch aus Empfindungen besteht – aus ganz wunderbaren Empfindungen.

Trrrrrr.

Dass der Klingelton ihres Handys gerade jetzt losgeht, ist schrecklich unpassend. Warum bloß hat sie das verdammte Ding nicht ausgemacht?

Trrrrrr.

Sie tastet mit der Hand danach, spürt die seidige Bettwäsche und die Kante des Nachtkästchens.

Trrrrrr.

Verdammt. Ihre Finger ertasten das Gerät und gleichzeitig wird ihr bewusst, dass dieser Traum vorüber und der verführerisch duftende Adonis mit den wunderschönen dunklen Augen ein für alle Mal

verloren ist. Dennoch versucht sie, sein Bild noch einen Augenblick lang festzuhalten.
Trrrrrrr.
Sie setzt sich auf und blinzelt. Das Display schreibt *Jork Hendersen*, und die Uhrzeit, die darüber in großen Zahlen aufleuchtet, verrät ihr, dass es mitten in der Nacht ist. Konkret 02:41.
Also ist wieder mal was passiert.
»Ja?«
»Hilla?«
Wer sonst?, denkt sie, murmelt jedoch ein »Mhm.«
»Hier ist Jork.«
»Mhm.« Auch das ist keine Überraschung im digitalen Zeitalter.
»Bist du wach?«
Sie seufzt. »Hast du Zweifel?«
»Äh . . . Folgendes: Ein gewisser Melf Braren – Polizeihauptkommissar und Leiter der Polizei auf Föhr – hat angerufen. Die haben dort einen hässlichen Frauenmord.«
»Aha.« Hilla reibt sich die Augen, während sie sich fragt, ob es auch schöne Frauenmorde gibt. »Allerdings haben sie den Täter bereits gefasst«, setzt Hendersen fort.
»Das ist doch gut.«
»Ja, selbstverständlich. Der Ehemann, der seine Frau abschlachtete, wartete vorm Haus und ließ sich widerstandslos festnehmen. Und dieser Braren hat damit geprahlt, wie sehr die Polizei auf Föhr auf Zack ist.«
»Aber wir sollen trotzdem hinfahren?«, kann Hilla sich zusammenreimen. Andernfalls würde Hendersen nicht um diese Zeit anrufen.

»Unbedingt. Diese Inselpolizisten sind doch mit einem derartigen Verbrechen völlig überfordert. SpuSi, Autopsie, et cetera et cetera. Schließlich brauchen wir einwandfreie Beweise vor Gericht.«

»Und der Ehemann hat schon gestanden?«

»Angeblich ja. Wenn ich es richtig verstanden habe, wurde er im Beisein seiner Eltern festgenommen.«

»Seiner Eltern . . . mhm«, sagt Hilla und schlägt die Bettdecke zurück. »Ich mach mich auf den Weg.«

»Du musst die Fähre ab Dagebüll nehmen«, gibt ihr der Kriminaldirektor noch mit auf den Weg.

»Was täte ich nur ohne dich.« Hilla angelt mit ihren nackten Zehen nach den Puschen. Jetzt muss alles schnell gehen. Ihr Team verständigen, duschen, ankleiden . . .

»Das wusstest du natürlich, ich wollte bloß . . .«

»Ja, schon gut. Gibt's noch was?«

»Nein, wenn ich mehr erfahre, melde ich mich. Die Unterlagen lasse ich dir zukommen.«

»Okay, dann . . .«

»Eines noch – rufst du Ebba an?«

Ebba. Natürlich. Die Forderung nach der jungen Kriminologin ist nicht neu. Seit zwei Jahren besteht Hendersen bei jedem Fall darauf, dass sie mit an Bord ist. Doch bisher hat er sie immer selbst hinbeordert. Musste er auch, denn Hilla hätte vermutlich darauf vergessen, Weisung hin oder her. Doch mittlerweile ist ihr die verkorkste junge Frau ans Herz gewachsen, auch wenn sie das nicht zugeben würde.

»Klar, warum nicht?«, sagt sie, während sie ins Bad tappt.

»Gut. Bis dann.«

Er beendet das Gespräch und sie legt erleichtert das

Handy weg. Es wäre ihr unangenehm gewesen, ihren Vorgesetzten mit auf die Toilette zu nehmen.

6

Max Königs Handy ist auf Vibrationsalarm gestellt. Das reicht, um ihn zu wecken. Die gedimmte Beleuchtung in seinem Schlafzimmer ist an und das weibliche Wesen mit den perfekten Kurven und den langen blonden Haaren ist noch da und rekelt sich im Schlaf neben ihm. Offenbar sind sie beide danach eingeschlafen. Tja, das kann passieren, wenn man mit der Kellnerin übrig bleibt und sie anschließend mit nach Hause nimmt.

Er muss nicht aufs Display blicken, um zu wissen, dass es Hilla ist, die anruft. Wer soll es sonst sein, um diese Uhrzeit?

»Ja?«, flüstert er, während er nackt und auf leisen Sohlen ins Wohnzimmer tappt, um die schlafende Schönheit in seinem Bett nicht zu wecken.

»Wir haben einen Einsatz, ich bin in einer Stunde bei dir.«

»Wohin geht's?«

»Föhr.«

»Föhr? Kenn ich nicht . . .«, nimmt er sie auf die Schippe.

»Ist 'ne Insel«, seufzt Hilla.

»Ach nee«, macht er sich lustig. »Wieder eine mit Sand und Wind?«

»Treffer – plus Deiche und Schafe. Ach ja, und die

Leiche nicht zu vergessen.«

»Jackpot.« Max legt sein Handy auf den Rand des Waschbeckens und schaltet es auf laut. Nun hat er beide Hände frei, um sich mit allen zehn Fingern durch die Haare zu fahren. Nach einem Blick in den Spiegel beschäftigt ihn die Frage, ob er sie noch schnell waschen soll oder Trockenshampoo ausreicht.

»Ich verständige die anderen«, erklärt Hilla. »Um 04:45 müssen wir beim Fähranleger in Dagebüll sein.«

»Geht klar. Moment . . . sagtest du, *die* anderen?«

»Jep.«

Einen Augenblick herrscht Schweigen.

»Du rufst Ebba an?«, hakt Max nach.

»Spricht was dagegen?«

»Äh, nein, ich meine, es macht ohnehin keinen Unterschied. Hendersen besteht vermutlich auf ihre Teilnahme?«

»So ist es«, bestätigt Hilla und das Klicken in der Leitung macht ihm klar, dass das Gespräch beendet ist.

Er legt sein Handy zur Seite, legt ein frisches Handtuch bereit und steigt in die Dusche. Während er sich mit Orangen-Zedernholz Duschgel einseift, wandern seine Gedanken zu der Kriminologin, die ihn jedes Mal aufs Neue überrascht. Gott, wie hatte sie ihn zu Beginn mit ihren unzähligen Ticks genervt. Ständig musste sie sich im Kreis drehen oder summen oder irgendeinen Schwachsinn vor sich hin labern. Doch mittlerweile muss er anerkennen, dass sie hart an sich gearbeitet hat. Es ist ihr gelungen, diese nervigen Ticks auf ein erträgliches Maß zu reduzieren, gleichzeitig hat er begonnen, ihre Stärken für sich zu nutzen. Denn eines muss man Ebba Blum lassen – sie hat ein untrügliches Gespür für Menschen.

Er fährt zusammen, als die Eroberung der letzten Nacht an die Glastür klopft.

»Auf einmal so schreckhaft?« Sie klimpert belustigt mit ihren Wimpern, während sie zu ihm unter die Dusche schlüpft. »Wie wärs, wenn ich dich einseife? Zum Beispiel an dieser Stelle . . .«

Ihr gekonnter Griff geht ihm durch Mark und Bein. Doch dieses herrlich prickelnde Gefühl kann er gerade gar nicht brauchen.

»Ich muss in zwanzig Minuten los.«

»Ach echt?«

Den Schmollmund, den sie nun zieht, würde eine Fünfjährige, der man den Lolli verweigert, nicht besser hinkriegen.

»Ja, echt.«

»Kannst du das nicht verschieben?«

»Nein.«

Sie verstärkt ihren Griff.

»Dann vielleicht ein Quickie?«

Max blickt nun direkt in diese hellblauen Augen, die ihn unverblümt anhimmeln. Wie soll er da nein sagen?

7

Der Fähranleger in Dagebüll glitzert im frühen Morgenlicht. Die Sonne hat es noch nicht über den Horizont geschafft, dennoch taucht sie den Himmel in ein weiches Rosa. Ebba Blum reiht ihren schwarzen Toyota RAV4 langsam in eine der Warteschlangen ein, die sich in ordentlichen Reihen vor der Fähre aufbauen.

Sie lässt das Seitenfenster herunter, um die morgendliche Meeresluft zu schnuppern. Die Brise, die ihr nun um die Nase weht, ist noch kühl von der Nacht und trägt den salzigen Geruch von Tang und den schwachen Hauch von Diesel mit sich.

Die Autos vor ihr stehen dicht an dicht, und die Fahrer – soweit sie jene durch die Glasscheiben erkennen kann, legen alle ein ähnliches Verhalten an den Tag. Sie nippen an Kaffeebechern, die sie in der Mittelkonsole abstellen, und scrollen auf ihren Handys.

Doch egal, wie sehr sie ihren Hals reckt, Hillas grauer BMW ist nicht zu sehen. Ob sie wohl hinter ihr in der Reihe wartet?

Endlich kommt Bewegung in die Sache. Die Fähre, eine enorm massige, weiße Stahlkonstruktion, lässt ihre Rampe herunter und Hafenarbeiter in gelben Westen winken die ersten Fahrzeuge an Bord. Ebba trinkt schnell noch mal von ihrer Wasserflasche, bevor es losgeht.

Hilla hat angerufen, nicht Hendersen, denkt sie, während sie die Flasche in die Mittelkonsole zurückstellt. Ihre Finger trommeln nun ungeduldig auf das Lenkrad, stoppen wieder und beginnen, Kreise zu malen. Es ist das erste Mal passiert, und ganz bestimmt hat es eine Bedeutung. Das ist doch ein Zeichen von Akzeptanz, oder nicht?

Marius sagt, sie hat die Tendenz, Dinge überzubewerten. Er hat sie erst letztens darauf hingewiesen, dass nicht alles im Leben eine Bedeutung hat. Das muss sie sich immer wieder vorsagen, wenn sie in alles und jedes ihre Sicht der Dinge hineininterpretiert.

Marius selbst kommt mittlerweile die größte Bedeutung in ihrem Leben zu. Er ist der erste Mann, mit dem sie so etwas wie eine lose Beziehung eingegangen ist, die über gelegentlichen Sex hinausgeht. Sie hätte nicht gedacht, dass sie dazu fähig wäre und ist immer noch überrascht, wenn sie mit ihm gemeinsam typische kleine Dinge tut, die Paare so machen, wie zum Beispiel gemeinsam Eis essen gehen.

Der blaue Peugeot vor ihr rollt endlich los und auch sie setzt ihren Toyota in Bewegung, langsam und den Anweisungen des Lotsen folgend, der sie in ihre Parkposition einweist.

Doch noch steigt sie nicht aus. Sie schiebt den Sitz zurück und kippt die Lehne in eine angenehme Liegeposition. Dann öffnet sie das Schiebedach und schaut in den Himmel, der gerade erst Farbe aufnimmt. Sie merkt, dass ihr Herz schneller schlägt als sonst, eine wohlbekannte Mischung aus Aufregung und Nervosität, die bei jedem neuen Fall in ihr brodelt.

Dieses Mal ist auch Freude dabei. Ja, sie freut sich tatsächlich darauf, ihre Kollegen wiederzusehen. Sogar Max.

Barne auf jeden Fall – ihn hat sie vor einigen Wochen in seinem Zuhause besucht. Das war ihre erste Einladung, und sie hat sich vor Aufregung dreimal umgezogen, bevor sie zum Grillnachmittag mit Familie Pankok fuhr. Ihre Befürchtungen, dass Barnes Frau Ute sie ablehnen würde, bestätigten sich zum Glück nicht, ganz im Gegenteil, sie wurde ausgesprochen nett aufgenommen. Und den siebenjährigen Lars hat sie auf Anhieb ins Herz geschlossen.

Er ist ein unglaublich schlauer Junge für sein Alter, der seine Eltern mühelos beim Memory schlägt. Während Barne beim Grill in seinem Element war und Ute die Salate anrichtete, hat Ebba ihm Schach beigebracht und war überrascht, wie schnell er die doch recht komplexen Regeln verinnerlichte.

Sie merkt an dem Rumpeln, dass sich die Fähre in Bewegung setzt und steigt aus, um ihre Kollegen zu suchen. Der neue Fall lässt sie vor Neugier fast platzen.

Wir treffen uns auf der ersten Fähre nach Föhr, war alles, was Hilla gesagt hatte, und Ebba war so verblüfft gewesen, dass sie nicht genauer nachgefragt hatte. Was sie nun zutiefst bereut, denn außer, dass ein Mord geschehen ist, ist noch nichts zu ihr durchgedrungen.

Doch viel Geduld wird sie nicht mehr aufbringen müssen, denn es kann nicht mehr lange dauern, bis sie ihre Kollegen auf dieser Fähre findet.

8

»Hast du nicht gesagt, Ebba stößt auf der Fähre zu uns?«, fragt Barne, während Hilla verzweifelt versucht, sich im Wind eine Zigarette anzuzünden.

»Vermisst du sie?«, fragt Max grinsend und greift in seine Jackentasche, um ein Sturmfeuerzeug herauszuziehen. Gentlemanlike wie immer offeriert er seiner Chefin Feuer.

»Du bist der Beste«, bedankt sich Hilla und nickt anschließend Barne zu. »Ich bin sicher, sie wird uns finden.«

Das hat sie noch jedes Mal, fügt sie in Gedanken hinzu.

»Da könntest du recht haben«, erwidert Max und deutet auf die Tür, durch die sie selbst ins Freie gelangt waren und durch die nun eine junge Frau tritt, die ihm nur allzu vertraut ist.

Allerdings hat sie sich verändert – zumindest, was die Frisur betrifft. Max hat viele verschiedene Haarschnitte in Erinnerung, halb lang, halb kurz, schief oder anders asymmetrisch. Beim letzten Zusammentreffen trug sie zwei geflochtene Zöpfe, die ihn unweigerlich an Wednesday aus der Addams Family erinnerten. Nun, schwarz sind die Haare immer noch, aber sie sind deutlich gewachsen und zu einem hohen

Pferdeschwanz gebunden. Ein wenig zu hoch für seinen Geschmack, aber dennoch ist es die attraktivste Gestaltung von Ebba Blums Haaren, die er je gesehen hat.

Und sie trägt Schmuck – ist das neu oder kann er sich bloß schlecht erinnern? Jedenfalls baumeln große, pinkfarbene Ohrringe an ihren Ohren, die wie kleine Farbexplosionen im Morgenlicht leuchten. Dazu trägt sie ein schwarzes Sommerkleid mit Spaghettiträgern, das ihre schlanke Figur völlig unauffällig verhüllen würde, wären da nicht die grellen Accessoires, die das Auge fesseln wie ein Leuchtfeuer. Zusätzlich zu den knalligen Ohrgehängen matchen sich leuchtend grüne Sandalen mit hohen Absätzen mit einem türkisfarbenen Schal und einer knallgelben Sonnenbrille – und auch die grell orangefarbene Handtasche aus Leder, die geradezu typisch für Ebba ist, darf nicht fehlen.

Max muss schmunzeln. Nun, zumindest bringt sie Farbe in den noch grauen Morgen.

»Ebba!«, ruft Barne und wedelt heftig mit den Armen, um auf sich aufmerksam zu machen.

Wenn man bedenkt, das sich kaum weitere Menschen im Freien aufhalten und schon gar nicht in Gruppen, kann es sich wohl nur um einen Ausdruck der Freude handeln, denkt Max, der seine Hände bewusst cool in den Hosentaschen stecken lässt.

Doch sein Kollege setzt noch eins drauf und streckt seine Arme aus.

»Wenn du so weiter machst, halt ich mal lieber nach einem Eisberg Ausschau«, lästert Max in Anspielung auf die Verbundenheit der beiden Hauptdarsteller auf der Titanic.

Hilla muss so lachen, dass sie sich an ihrem Rauch

verschluckt, aber an Barne prallt die Bemerkung völlig ab. Er hat nur noch Augen für die junge Frau, die er nun freundschaftlich in die Arme schließt.

»Schön, dich wiederzusehen!«

»Ja, find ich auch«, erwidert sie, und als sie ihre knallgelbe Sonnenbrille ins Haar schiebt, stellt Max fest, dass ihre blassblauen Augen leuchten können.

»Ich freu mich auch«, sagt Hilla. Zwar ohne Enthusiasmus, aber dafür mit einem Lächeln, was bei ihr schon viel ist.

»Komm zu Papa, Blümchen«, witzelt Max und klopft sich gorillamäßig auf die Brust.

»Idiot«, lacht Ebba. »Aber es ist auch schön, dich zu sehen.«

»Oha, das geht runter wie Öl«, blödelt er. Aber dann wird ihm bewusst, dass sich seine Laune tatsächlich aufgehellt hat, als sie durch diese Tür kam. Offenbar freut er sich über das Wiedersehen, wie er überrascht feststellen muss.

»Das wird ein schöner Tag«, sagt Barne und deutet in den wolkenlosen Himmel, wo einige Möwen, die die Fähre verfolgen, ihre Kreise ziehen.

»Das kann auch nur dir einfallen – auf dem Weg zu einem Femizid«, bemerkt Hilla mit dem ihr eigenen Zynismus.

Barne, der in seinen Cordhosen und mit seiner John Lennon-Brille immer ein wenig wie aus der Zeit gefallen wirkt, läuft sofort rot an.

»Ich meinte das Wetter.«

»Klar.« Max, der Ebba unverhohlen anstarrt, richtet seinen Blick sofort auf die Wellen, die in weißen Schaumkronen gegen den Schiffsrumpf klatschen, als sie ihn dabei ertappt.

»Was wissen wir eigentlich über den Fall?«, nutzt Ebba die kurze Gesprächslücke.

Hilla zieht an ihrer Zigarette.

»Sieht nach einem Ehestreit aus, der eskaliert ist. Der Mann griff im Schlafzimmer zum Messer.«

»Man weiß schon, dass es der Ehemann war?«

»Scheint so. Die Kollegen auf Föhr sind jedenfalls davon überzeugt, sie haben ihn auch schon festgenommen.«

»Oh«, macht Ebba und Max sieht ihr die Enttäuschung an.

»Kein Rätsel dieses Mal«, sagt er und zieht bedauernd die Schultern hoch.

»Warten wir's ab«, unkt Hilla ein wenig kryptisch und schnippt ihre Kippe über Bord. Im selben Moment läutet ihr Handy und nach einem Blick aufs Display geht sie ran.

»Moin Jork.«

»Moin Hilla. Seid ihr schon auf der Fähre?«

»Ja.«

»Ebba auch?«

»Ja, wir sind glücklich vereint.«

»Äh . . . gut. Der Polizeichef von Föhr – dieser Braren – hat mich soeben angerufen, er wird euch von der Fähre abholen und zur Polizeistation bringen.«

»Hat er Angst, dass wir verloren gehen?«

»Hilla, bitte. Er möchte eben höflich sein und gut mit uns kooperieren. Ein gutes Einvernehmen zwischen den Beteiligten hat doch noch nie geschadet.«

Da wär ich mir nicht so sicher, denkt Hilla, die schon oft erlebt hat, dass Menschen des guten Einvernehmens wegen über Dinge hinweggesehen haben, über die sie nicht hinwegsehen will.

»Haben wir die alleinige Zuständigkeit?«
»Ja, selbstverständlich.«
»Dann ist's ja gut.«
»Hilla?« Jorks Stimme klingt nun ein wenig aufgekratzt, er scheint den Braten zu riechen. »Hilla, was soll das heißen? Du gibst doch dein Bestes, um mit den lokalen Behörden zu kooperieren, nicht wahr?«

Sie zieht eine Grimasse und dreht sich in den Wind. *Wenn mir dieser Ruf vorauseilen würde, würde ich mich erschießen.*

»Ich bin auf der Fähre, Jork . . . die Verbindung ist hier echt scheiße . . . was sagst du? Ich kann dich nicht verstehen . . .«

Sie wischt den Button nach rechts und blickt ihr Team an.

»Wir sollen hier wie die Grundschüler betreut und begleitet werden. Na, das wird ein Spaß.«

9

Die Fähre legt mit einem tiefen Dröhnen am Anleger im Fährhafen in Wyk an, und kurz darauf rollt Hilla mit dem grauen Dienst-BMW an Land. Schon nach wenigen Metern winkt sie ein uniformierter Polizist in ihrem Alter mit kurz geschorenem grauem Haar zur Seite. Seine Geste wirkt ein wenig herrisch, was Hillas inneren Widerstand nur noch mehr anstachelt.

Sie fährt rechts ran und steigt aus.

»Polizeihauptkommissar Melf Braren, ich bin der Polizeichef hier.«

Er ist von durchschnittlicher Größe, allerdings ein wenig untersetzt, sodass seine blaue Uniformjacke über dem Bauch spannt. Ein dichter Schnauzer prangt über seinen Lippen, die sich zu einem selbstbewussten Lächeln verziehen, als er ihr die Hand entgegenstreckt.

»Sie sind Hilla Ahrend, nicht wahr?«

»Kriminalhauptkommissarin Ahrend«, stellt sie klar, bevor sie seine Hand schüttelt.

»Ja, natürlich.«

Beim anschließenden Händedruck presst er ihre Hand wie in einem Schraubstock zusammen.

Hilla muss viel Energie aufwenden, um nicht vor Schmerz das Gesicht zu verziehen. Sie kennt das schon. Er ist nicht der erste, der meint, Macht über

Händedruck demonstrieren zu müssen, oder es darauf anlegt, sie als zimperliche Zicke dastehen zu lassen, wenn sie sich darüber äußert.

Also wartet sie ab, bis er ihre gequetschten Finger wieder frei gibt, beugt sich dann zu ihm hinüber und berührt mit ihren Lippen fast sein Ohr.

»Mach das noch mal, und ich fass dir mit dem gleichen Griff an die Eier.«

Verblüfft weicht er zurück und in diesem Moment schlendert Max heran, der ebenfalls aus dem Dienstwagen ausgestiegen ist.

»Was wird das hier? Teeparty im Grünen?«

Braren blickt nun abwechselnd zwischen Hilla, die ihn mit zusammengekniffenen Augen anstarrt und Max, der ihm in einer dunklen Lederjacke mit verspiegelten Oakley-Brillen entgegenkommt, hin und her.

»Fahren Sie mir zur Polizeistation hinterher, ich erkläre Ihnen alles«, tönt er gebieterisch. »Schließlich haben wir den Fall bereits gelöst – und zwar völlig ohne Festland-Hilfe.«

Max nickt ihm lächelnd zu und zeigt ihm entspannt den Daumen nach oben.

»Ganz großes Kino.«

»Wo ist die Leiche?«, fragt Hilla überdeutlich.

Braren grinst verkniffen.

»Ich sagte soeben, folgen Sie mir . . .«

Doch Hilla unterbricht ihn schon im Ansatz. »Wenn Sie meine Frage nicht beantworten, bedeutet das, dass Sie die Kooperation verweigern. Und das, obwohl Sie uns in dieser Sache unterstellt sind . . .«

»Aber ich sagte doch, dass Sie mir auf die Polizeistation folgen sollen«, beginnt Braren erneut und stapft in Richtung seines Wagens, um Fakten zu schaffen.

Doch Max überholt ihn mühelos und positioniert sich zwischen ihm und der Fahrertür. Dabei plustert er seinen Brustkorb in der Designer-Lederjacke auf und stemmt die Hände in die Hüften.

»Sehen Sie, da haben wir das Problem. Wir mögen es nicht, wenn uns jemand sagt, was wir tun sollen. Wir geben die Prozesse vor und wir haben unsere Gründe, wenn wir zuerst die Leiche sehen wollen.«

»Also, wo ist sie?«, wiederholt Hilla ihre Frage.

»Schon okay«, knickt Braren nun ein. Aber er schnaubt, sein Gesicht ist gerötet und er kratzt sich an seinem Schnauzer. »Ist ja kein Geheimnis, Dunsum, Sielweg 2. Dann bringe ich Sie eben direkt dorthin.«

»Das ist sehr zuvorkommend von Ihnen«, entgegnet Max mit einem breiten Lächeln. Er setzt noch eines drauf und legt dem Polizeichef eine Hand auf die Schulter, bevor er den Weg freigibt.

10

Als Ebba ihren Toyota über die Metallrampe wieder auf festen Boden lenkt, erspäht sie Hillas grauen BMW, der hinter einem Streifenwagen auf einer Ausweiche parkt. Schnell wirft sie den Blinker an und reiht sich dahinter ein. Offenbar wurden gerade die nächsten Schritte besprochen, denn der unbekannte ältere Polizist, dessen Uniformjacke beträchtlich über dem Bauch spannt, steigt gerade wieder in sein Fahrzeug, während Max und Hilla zum Dienstwagen zurückkehren. Barne ist offensichtlich gar nicht erst ausgestiegen.

Max gibt ihr ein Zeichen, dass es nun weitergeht und sie ihnen hinterherfahren soll.

Gut. Aufgeregt öffnet sie ihre Fenster, um die Inselluft hereinzulassen. Sie ist das erste Mal auf Föhr und schnuppert neugierig, um die Atmosphäre hier mit allen Sinnen aufzunehmen. Mhm, die Luft ist schon mal prima.

Wie immer genießt sie es, mit ihrem geliebten Toyota durch pittoreske Dörfer zu fahren – noch dazu, wenn sie von der Morgensonne beleuchtet werden. Rote, reetgedeckte Klinkerhäuser und grüne Wiesen, Schafe und Pferde hinter Holzzäunen säumen die engen Straßen.

Vielleicht ist diese Genussfahrt durch die Natur

alles, was ihr bleibt – schließlich ist der Täter bereits festgenommen und hat auch gestanden. Vermutlich ist sie dieses Mal überflüssig . . . Moment mal, kann es daran liegen, dass Hilla sie so bereitwillig angerufen hat? Weil es hier ohnehin nichts zu ermitteln gibt, und sie ihr daher auch nicht hineinpfuschen kann, wie Hilla es einmal sehr direkt ausdrückte?

Immerhin ist es nett, die Kollegen wiederzusehen. Tatsächlich mildert Max' spontane Umarmung ein wenig die Enttäuschung darüber, dass der Täter bereits gefasst ist. Und auch die Aussicht, mit Barne über Lars zu schnacken, erfreut ihr Gemüt.

Während die Schönheiten der Insel an ihr vorüberziehen, werden die Straßen zunehmend enger. Auf einem Schild, das bei einer Gabelung nach links zeigt, steht *Dunsum*. Ihre Lippen verziehen sich ganz von allein zu einem Grinsen. Das Dorf, das wie eine chinesische Süßspeise klingt, hat vermutlich nicht mehr als zwanzig Häuser.

Oder noch weniger, korrigiert sie sich selbst. Denn als der Streifenwagen und der graue BMW vor ihr endlich anhalten, stehen sich genau zwei Häuser gegenüber. Ein altes rotes mit Reetdach, wie sie schon unzählige gesehen hat, und ein neueres, kastenförmiges Gebäude mit grauem Anstrich und ohne jeglichen Flair.

Ein weiterer Streifenwagen ist bereits vor Ort. Während ihre Kollegen aussteigen und mit dem älteren Polizisten auf das hässlichere der beiden Häuser zugehen, parkt sie den Toyota auf einer Grünfläche neben der Straße. Mit schnellem Griff schnappt sie ihre orangefarbene Handtasche, um zu den anderen aufzuschließen.

Der behäbige Polizist, der mittlerweile breitbeinig

und mit gerötetem Gesicht mit Hilla, Max und Barne vor dem Eingang steht, reagiert unwirsch, als sie näherkommt.

»Wer sind Sie?«, bellt er ungehalten. »Bleiben Sie dem Grundstück fern!«

»Kriegen Sie sich wieder ein«, weist Max ihn zurecht. »Darf ich vorstellen: Ebba Blum, Kriminologin. Sie gehört zu uns.«

Während Ebba vor Freude über diesen Satz, und weil er auch noch ausgerechnet von Max kommt, gegen die Rührung ankämpfen muss, runzelt der behäbige Mittvierziger die Brauen.

»Kriminologin? Weil Torsten Buttig seine Frau im Streit erstochen hat, beglückt man uns mit einer Psycho-Tussi? Was soll die hier machen? Feststellen, ob Buttig ins Profil passt, obwohl er schon gestanden hat? Und das in diesen Schuhen?«

Bei diesen Worten blickt er höhnisch auf Ebbas leuchtend grüne Sandalen.

»Hören Sie zu, Braren«, zischt Hilla und tippt mit ihrem Zeigefinger auf seine Brust. »Sie machen uns keine Vorschriften, wie wir unseren Job zu erledigen haben, und wen wir wofür beauftragen. Ist das klar?«

Nachdem jener darauf nicht reagiert, sieht Max sich veranlasst, seine Sonnenbrille ein Stück anzuheben, um dem störrischen Polizeichef direkt in die Augen zu starren.

Doch noch gibt Braren keinen Millimeter nach. Er verschränkt lediglich die Arme vor der Brust.

»Wir haben hier alles im Griff«, knurrt er unnachgiebig. »Denken Sie wirklich, wir brauchen jemanden vom Festland, um den Ehemann zu verhaften, den wir direkt am Tatort angetroffen haben?

Denken Sie, bloß weil wir auf 'ner Insel leben, sind wir unfähig...«

»Sparen Sie sich das«, unterbricht Hilla. »Es genügt nicht, dass Sie den Täter festgenommen haben, wir müssen dafür sorgen, dass er auch verurteilt werden kann. Alles hier muss so dokumentiert werden, dass es einem Prozess standhält. Oder wollen Sie hier auf Ihrer idyllischen Touristeninsel einen Mörder frei rumlaufen haben, weil Sie die Beweissicherung für den Prozess verkackt haben?«

Während Braren an diesen Worten sichtlich nagt, legt sie nach.

»Haben Sie die Spurensicherung schon verständigt?«

»Nee«, murmelt er nun deutlich zurückhaltender. »Dachte, Sie machen das...«

Hilla dreht sich zu Barne um, woraufhin jener sofort zu seinem Handy greift.

»Ich möchte sofort mit den Beamten sprechen, die als erste vor Ort waren«, wendet sie sich wieder an den örtlichen Polizeichef.

Melf Braren reibt sich über seinen Schnauzbart.

»Die hab ich nach Hause geschickt, die waren völlig geschockt...«

»Dann schaffen Sie sie wieder her – und zwar sofort«, blafft Hilla nun in einer Lautstärke, dass Ebba, die neben ihr steht, die Ohren anlegt. »Und noch was – war schon ein Arzt hier?«

»Ja, Dr. Hansen, er ist unser...«

»Schaffen Sie den auch her!«

Ups, denkt Ebba, da ist aber jemand ihrer Chefin ordentlich auf die Zehen getreten.

Nachdem der untersetzte Polizeichef sich nun auf den Streifenwagen zubewegt, um Hillas Weisung umzusetzen, ziehen sich die Mitglieder der SoKo Nord Einmalhandschuhe über. Auch Ebba zieht ein Paar aus ihrer Handtasche, als ihr Blick auf ein emailliertes Schild neben dem Eingang fällt.

Tritt ein bring Glück herein, steht hier in schnörkeliger Schrift zu lesen.

Oh Mann, stöhnt sie innerlich. Es gibt wohl kaum einen Spruch auf dieser Insel, der so sehr versagt hat wie dieser.

11

Im Haus sind blutige Spuren auf den Dielen zu sehen, weswegen Ebba zusätzlich Schuhschützer anlegt, bevor sie ihren Kollegen über die enge Treppe in das obere Stockwerk folgt, wo ein abgenutzter Teppich liegt.
»Verdammte Scheiße, wer hat diesen Tatort so versaut?«, brüllt Hilla in dem Moment, in dem Ebba oben ankommt. Natürlich erhält sie keine Antwort, denn Max und Barne, die neben ihr vor dem Erbrochenen stehen, waren es nicht.
Max, der sogar zwei Paar Schuhschützer über seine Brioni Sneakers gezogen hat, zuckt mit den Schultern.
»Ich tippe auf die Kollegen, die das Opfer gefunden haben.«
»Die waren bestimmt schockiert«, vermutet auch Barne. »Ich meine, Föhr ist nicht gerade für seine Kriminalität bekannt.«
»Oh Gott, stinkt das hier bestialisch«, flucht Hilla und bindet ihre schulterlangen dunkelblonden Haare mit einem Gummiband zusammen, bevor sie das Opfer in Augenschein nimmt.
Ebba nickt zustimmend und atmet automatisch flacher. Blut riecht schon eklig, aber hier stinkt es zusätzlich nach Urin – und wenn dann noch einer auf den Boden kotzt, ist die Mischung perfekt.

Max tappt um das Erbrochene herum und betrachtet die Tote.

»Sie liegt im Ehebett und hat Stichwunden, die tödlich aussehen«, sagt er und seine Stimme klingt eigenartig nasal, so, als ob er die Luft anhalten würde. »Sieht auf den ersten Blick tatsächlich nach einer Eskalation häuslicher Gewalt aus.«

»Ja«, stimmt Hilla ihm zu. »Soweit keine Überraschungen.«

Sie blickt nun die Tote, die auf dem Bett liegt, genauer an. Sie hat etliche Stichwunden, von denen manche mehr, manche weniger tief sind. Am schlimmsten sind wohl die im Bauchbereich.

»Die Kollegen Arfsten und Riewerts sind bereit auf dem Weg hierher«, dröhnt plötzlich Brarens Stimme von der Tür her.

»Kann ich sonst noch was für Sie tun?«, setzt er dann in einem Tonfall hinzu, als ob er Magenschmerzen hätte.

Hilla spiegelt seine schmerzliche Mimik wider, doch Max kommt ihr mit der Antwort zuvor.

»Wie nett, dass Sie fragen – wo ist die Tatwaffe abgeblieben?«

»Die Tatwaffe?«

»Das Messer«, konkretisiert Hilla. »Haben Sie es gefunden?«

»Nein, haben wir nicht.«

»Haben Sie es gesucht?«, blickt Hilla Braren eindringlich an.

»Nein, wir haben uns bemüht, den Tatort so zu belassen, wie wir ihn vorgefunden haben«, versucht er sich aus der Affäre zu ziehen.

»Das ist Ihnen gelungen«, sagt Max mit Blick auf die

hochgewürgten Essensreste, während Barne sich bückt und unters Bett blickt.

»Da liegt eines«, berichtet er aufgeregt, »und es sieht blutig aus.«

»Ja?« Hilla kann ihr Glück kaum fassen. »Sofort eintüten und ab damit in die KTU.«

»Na bitte«, sagt Braren, als ob er derjenige gewesen wäre, der ihr die Tatwaffe eigenhändig auf dem Silbertablett serviert hat. »Dr. Hansen hab ich auch herbestellt, ganz wie Sie es wünschten. Ich bin dann auf der Polizeistation, falls Sie noch etwas brauchen.«

»Gut«, sagt Hilla und nickt ihm grimmig zu. »Wir sehen uns dann dort. Niemand spricht in der Zwischenzeit mit dem Verdächtigen – ist das klar? Niemand, auch Sie selbst nicht. Sie halten ihn bloß fest.«

»Aber . . .«

Max tritt auf ihn zu und legt ihm neuerlich die Hand auf die Schulter.

»Ist das Blut an Ihren Schuhen?«

»Äh . . .« Braren blickt an sich herunter und bemerkt, dass er der Einzige in diesem Raum ist, der keine Schuhschützer trägt.

Mit ernster Miene zieht Max nun einen durchsichtigen Tatortbeutel aus seiner Jacke. »Die müssen wir jetzt auch eintüten«, erklärt er finster. »Und Ihre Dienststelle muss die Mehrkosten übernehmen, die dem Spurensicherungsdienst entstehen, weil sie diese Abdrücke ausschließen müssen.«

Während der Föhrer Polizeichef Max mit offenem Mund anstarrt, wendet sich Hilla an Barne.

»Du kümmerst dich um all das«, betont sie, »und außerdem checkst du uns bitte Zimmer für die Nacht.

Denn ich habe nicht den Eindruck, als ob wir die Kollegen hier sich selbst überlassen können.«

Nachdem Melf Braren in Begleitung von Kommissar Barne Pankok das Schlafzimmer verlassen hat, blickt Hilla zwischen Max und Ebba hin und her.

»Ich hab genug gesehen, ich geh mal vors Haus eine rauchen und warte auf die Kollegen aus Föhr, die den Teppich hier versaut haben. Bleibt ihr noch?«

Ebba nickt. »Ja, ich würde mir die Tote gern in Ruhe ansehen.«

»Zentimeter für Zentimeter?«, fragt Hilla, die Ebbas Gewohnheiten bereits kennt.

»Ja. Nur so bekomme ich ein Gefühl für den Menschen, der sie mal war und dafür, was ihr passiert ist.«

Ihr Ehemann hat sie abgeschlachtet, denkt Hilla, das ist ihr passiert. Aber sie behält es für sich, denn im Gegensatz zu diesem präpotenten Wyker Polizeichef gibt die junge Kriminologin sich zumindest Mühe.

»Und du?«, fragt sie Max, der mit den Händen in den Hosentaschen mitten im Raum steht und auf den Fußballen wippt.

»Ich guck zu, wie sie ihr Ding abzieht«, sagt er mit einem Seitenblick auf Ebba, die bereits neben der Toten in die Hocke gegangen ist.

12

Hilla schüttelt Hände mit den beiden Föhrer Polizisten, die noch halbe Kinder sind. Die beiden sind in Zivilkleidung vor dem Haus der Buttigs aufgetaucht, was den Eindruck noch verstärkt. Der magere Junge in seinen blauen Shorts und dem weißen T-Shirt weckt beinahe Muttergefühle in ihr. Sein Gesicht ist genauso blass wie das seiner Kollegin.

»Vielleicht setzen wir uns auf diese Bank da drüben«, schlägt sie vor und die beiden nicken dankbar.

Aufgereiht auf einer morschen Holzbank zu hocken ist zwar nicht das ideale Setting, aber immerhin kann Hilla es auf diese Art vermeiden, wie eine Lehrerin vor ihnen zu stehen.

Andere Sitzgelegenheiten im Freien gibt es nicht. Sie hat kurz überlegt, das Wohnzimmer des Tatorthauses zu nutzen, doch diesen Gedanken nach Besuch des selbigen gleich wieder verworfen. Der Geruch im Haus breitet sich mehr und mehr aus, und sie möchte vermeiden, dass der Junge mit den Storchenbeinen sich dort ein weiteres Mal übergibt.

Hilla wirft einen schnellen Blick auf ihren Spickzettel.

»Sie sind Mia Arfsten und Hark Riewerts, richtig?«

Beide nicken.

»Gut, dann erzählen Sie mal, wie das war, als Sie hier ankamen.«

Die beiden sehen sich nun an, aber offenbar wartet jeder von ihnen darauf, dass der andere spricht.

»Okay«, seufzt Hilla. »Wer bekam den Anruf?«

»Das war ich.« Mia Arfsten streicht über ihr langes blondes Haar und schluckt. »Ich war gerade bei der Abendtoilette, als . . .«

Sie schluckt erneut und Hilla übt sich in Geduld.

»Wer war dran?«

»Torsten Buttig. Er sagte, seine Frau wäre tot. Und er gab mir die Adresse.«

»Klang er aufgeregt?«

»Nein, das war ja das Seltsame, er klang irgendwie schräg, so emotionslos.«

»Okay«, sagt Hilla und notiert sich das. »Ich vermute mal, Sie holten Ihren Kollegen ab und fuhren anschließend sofort her?«

»Ja, genau.«

»Wen fanden Sie hier vor?«

»Torsten Buttig. Er stand mitten auf der Straße, als wir kamen, und seine Eltern standen neben ihm.«

»Seine Eltern?«

»Ja, wir haben die Daten aufgenommen«, sagt nun Hark. Es sind die ersten Worte, die er spricht. »Bengt und Kreske Buttig.«

»Kennen Sie die Familie?«

Beide schütteln den Kopf.

»Ich bin aus Wyk«, erklärt Hark. »In die Dörfer komm ich nur, wenn was passiert ist. Aber es passiert hier kaum was. Und in Dunsum noch nie.«

Hilla blickt nun Mia Arfsten an.

»Für mich gilt das Gleiche«, beeilt sich die junge

Kollegin zu sagen. »Als ich einen Tischler gesucht habe, ist mir sein Name untergekommen, aber ich hab mich dann für eine andere Tischlerei entschieden.«

Ihrer Mimik nach zu urteilen ist sie froh über diese Entscheidung, und Hilla kann es ihr nicht verübeln.

»Schön, Sie gingen also auf Torsten Buttig und seine Eltern zu, die mitten auf der Straße standen, und weiter?«

»Buttig sagte, seine Frau ist tot. Oben im Schlafzimmer.«

»Und die Eltern? Sagten die auch was?«

»Nee, die standen nur da.«

»Und dann?«

»Dann gingen wir hoch.« Mia verzieht bei der Erinnerung daran das Gesicht, Hark blickt schuldbewusst zu Boden.

»Es tut mir so leid«, stammelt er. »Ehrlich, so etwas Peinliches ist mir noch nie passiert. Aber es kam so schnell, ich konnte gar nicht mehr gegensteuern.«

»Schon gut«, beruhigt ihn Hilla. »Wir haben alle schon mal gekotzt.«

»Ja?«

»Ja. Wie war das dann, als Sie wieder runtergingen? Ließ Buttig sich widerstandslos festnehmen?«

»Mehr oder weniger.« Mia reibt sich über die Stirn. »Das war auch seltsam, er sagte, *jemand hat Irma erstochen.* Als wir sagten, dass er nun mit uns mitkommen müsse, checkte er erst gar nicht, dass wir ihn festgenommen hatten.«

»Er stieg einfach so in Ihr Auto?«

»Ja.«

»Und seine Eltern? Was taten die?«

»Die fuhren uns hinterher.«

»Und dann?«

»Ich hatte schon vom Tatort aus unseren Chef verständigt, und als wir auf der Polizeistation in Wyk ankamen, wartete er bereits mit Verstärkung auf uns.«

»Und dann hat der Verdächtige gestanden?«, hakt Hilla ein weiteres Mal nach.

»Nee . . .« Nun ist es Mia, die zu Boden blickt.

»Dann wurde es hässlich. Unser Chef hat ihm Handschellen angelegt und ihn offiziell festgenommen«, erklärt Hark. »Da rastete Buttig völlig aus. Er schrie und schlug um sich und es brauchte vier Kollegen, um ihn in die Zelle zu verfrachten.«

»Mhm«, macht Hilla und lässt das erst mal sacken. Sie fummelt eine Zigarette aus ihrem Päckchen und bietet den beiden eine an. Hark nimmt sie dankend an, Mia nicht.

Eine Weile sitzen sie schweigend da, Hilla und Hark blasen den Rauch in die Luft, Mia verfolgt die Kringel.

»Aber gestanden hat er dann trotzdem, oder?«, bricht Hilla das Schweigen.

Wieder wechseln die beiden Blicke.

»Nein, hat er nicht«, sagt Mia schließlich. »Ganz im Gegenteil, er hat wütend rumgeschrien, dass ihm das jemand anhängen will.«

13

Das Schlafzimmer, in dem Torsten und Irma Buttig bis zum heutigen Tag ihre Nächte verbracht haben, ist nicht besonders groß, die Wände in einem verblassten Beige, die Vorhänge – schwer und dunkelrot – halb zugezogen. Einen Schrank gibt es hier nicht. Das Doppelbett, ein älteres Modell aus dunklem Holz, dominiert den Raum, die Bettlaken sind vollgesogen mit einer dunklen, glänzenden Lache, die mit Sicherheit bis auf die Matratze durchgesickert ist.

Das Blut ist überall, wenngleich nicht so wild verspritzt, wie Ebba es bei der Anzahl von Stichen vermutet hätte. Auch auf dem Teppich gibt es nur einige wenige Flecke, dafür auch einige Scherben. Offenbar wurde eine Lampe vom linken Nachtkästchen gestoßen, die nun zerbrochen auf dem Boden liegt.

Die nackte Tote, die mitten auf dem Bett liegt, ist sehr blass. Auf dem Rücken liegend, die Hände über den Kopf gestreckt, wirkt sie fast wie ein X. Ihr Gesicht ist verzerrt, die Augen offen und starr zur Decke gerichtet, der Mund halb geöffnet, als hätte sie ihren letzten Schrei nicht mehr herausgebracht. Die tiefen, klaffenden Löcher in ihrem Körper sind unregelmäßig.

Ebba blickt genauer hin und erkennt an den

Oberarmen, den Oberschenkeln und auf der Brust nicht nur Stiche, sondern auch Schnitte. Gerade Schnitte, wo offensichtlich nur die Schneide ins Fleisch gedrückt wurde und geschwungene Linien, die den Eindruck vermitteln, als hätte der Mörder auf ihrer Haut gemalt. Die Wunden sind unterschiedlicher Natur, im Bauchbereich sind es definitiv tiefe Stiche, so als wäre der Angriff in Raserei erfolgt. Dort hat sich auch das meiste Blut gesammelt, in einer grotesken Lache rund um ihren nackten Unterkörper, so als ob die Mitte und das Geschlecht der Frau durch den roten Hintergrund besonders hervorgehoben werden sollten.

»Sie so zu sehen, hat dich erregt«, flüstert sie.

»So 'n Quatsch«, entgegnet Max, der mit angewidertem Gesichtsausdruck am Fenster lehnt.

Ebbas Kopf fährt herum. Dass er noch hier ist, ist ihr entgangen. Zu sehr ist sie auf die tote Frau fixiert gewesen.

»Nicht dich, ich meinte nicht dich . . . ich habe vom Täter gesprochen«, stellt sie ein wenig verlegen klar.

»Okay . . .« Er kommt nun interessiert näher. »Erzähl mir mehr.«

»Siehst du die Schnitte?«, fragt Ebba, die aus einem Grund, den sie sich selbst nicht erklären kann, immer noch flüstert. »Siehst du, wie unterschiedlich sie sind? Guck mal hier, genau unter ihren Nippeln, das sind ganz zarte Pikser. Und hier, diese geschwungenen Linien zwischen ihren Brüsten, die wurden fast gemalt.«

»Also ist der Täter Künstler? Willst du das damit sagen?«

»Nein.«

»Was dann?«

»Nur das Offensichtliche, nämlich, dass diese fast

schon ästhetischen Schnitte und die tiefen Bauchstiche, die offenbar in Rage erfolgten, nicht zusammenpassen.«

»Und was schließt du daraus?«

Ebba beißt sich auf die Unterlippe. »Weiß ich noch nicht. Aber das ist nicht das Einzige, was ungewöhnlich ist. Ist dir irgendwo ein Stück Garn aufgefallen, oder ein dünnes Seil? Eine Wäscheleine?«

»Nein, warum?«

»Sieh dir die Handgelenke an. Unter dem verschmierten Blut sind feine Einschnitte zu erkennen, die viel eher von einer Schnur als von einem Messer stammen.«

»Sie war gefesselt«, schlussfolgert Max und blickt sich nun das Kopfteil des Bettes genauer an. Wie das restliche Bett besteht es aus Holz. Ein breiter, mit Schnitzereien verzierter Balken verläuft quer von einem Bettpfosten zum anderen. »Da könnte jemand tatsächlich die Hände der Frau fixiert haben.«

»Das würde auch erklären, warum ihre Arme nach oben zeigen«, ergänzt Ebba. »Der Mörder hat sie erst losgeschnitten, als sie bereits tot war.«

»Guter Punkt. Also wo verdammt ist das durchtrennte Garn?«

Gemeinsam sehen sie nochmal jeden Winkel des Schlafzimmers durch.

»Guck mal hier«, sagt Ebba plötzlich.

»Hast du es gefunden?«

»Nein, aber diese Abdrücke sind seltsam.« Sie zeigt auf drei Stellen neben dem Bett, wo der Flor des Teppichs niedergedrückt wurde. Jede Stelle kreisrund und in der Größe eines Zehn-Cent-Stücks.

Max, der die Abdrücke nun ebenfalls unter die Lupe nimmt, zieht anschließend bloß die Schultern hoch.

»Sie sind im Dreieck angeordnet«, sagt Ebba. »Was hat das zu bedeuten?«

»Dass hier etwas stand – etwas mit drei Beinen, das nun nicht mehr hier ist . . .« Max wollte noch etwas anderes sagen, aber der Mann um die vierzig, der gerade zur Tür hereinkommt, lenkt ihn ab.

»Ich bin Dr. Hansen«, sagt er freundlich. »Sie wollten mich sprechen?«

Max nickt.

»Oberkommissar König, SoKo Nord, meine Kollegin Ebba Blum. Sie haben das Opfer für tot erklärt?«

»Richtig. Sie war bereits tot, als ich hier eintraf.«

»Wann war das?«

»Kurz nach Mitternacht.«

»Und wie lange war sie zu diesem Zeitpunkt schon tot?«

»Nicht lange. Vielleicht eine Stunde oder zwei.«

»Das ist wichtig. Könnten Sie sich genauer festlegen?«

Der Arzt hebt nun die Brauen und räuspert sich.

»Leider nicht so punktgenau wie Sie es gerne hätten, aber meiner Einschätzung nach trat der Tod zwischen 22 und 23 Uhr ein.«

Max notiert sich das. »Was haben Sie als Todesursache festgestellt?«

»Verbluten. Als Folge der Stichwunden.«

»So viel Blut ist hier gar nicht«, sagt Ebba.

»Stimmt«, erwidert Hansen und dreht sich überrascht zu ihr um. »Man würde annehmen, dass die Lache größer sein müsste, aber sie ist innerlich verblutet.«

Er deutet nun auf den Bauch der Toten. »Ich bin

kein Rechtsmediziner, aber wenn ich mir diese Stiche hier ansehe, würde ich wetten, dass einer davon die aorta abdominalis – also die Baucharterie – durchtrennt hat und nur ein Teil des Blutes aus dem Körper herausgelaufen ist. Gleichzeitig ist ihr Abdomen vollgelaufen.«

»Mhm«, macht Ebba. »Haben Sie, als Sie hier waren, eine Schnur oder ein Garn bemerkt?«

»Eine Schnur?« Irritiert schüttelt Dr. Hansen den Kopf. »Was denn für eine Schnur?«

»Eine, die durchgeschnitten wurde«, erklärt Max. »Die Frau hier war vor ihrem Tod mit einer Schnur oder einem Garn gefesselt.«

»Ach ja?«

»Ja.« Max zeigt ihm nun die Einschnitte an den Handgelenken.

»Da haben Sie aber ganz genau hingeguckt«, sagt Dr. Hansen nun beinahe ehrfürchtig. »Ich muss zugeben, dass mir dieses Detail entgangen ist.«

»Hmm«, brummt Max, dem es auch nicht aufgefallen war. »Danke jedenfalls für Ihre Ausführungen.«

14

»Was suchst du?«, fragt Hilla.

Ebba, die den Mülleimer unter der Spüle in Buttigs Küche durchwühlt, fährt hoch und stößt sich den Kopf.

»Eine Schnur.«

»Eine Schnur? Warum?«

»Irma Buttig war gefesselt.«

»Ach. Hat der Arzt das gesagt?«, hakt Hilla nach.

»Nein, ich. Aber Dr. Hansen hat es nun bestätigt.«

»Okay, gute Arbeit. Wo ist Max?«

»Er sucht oben nach der Schnur.«

»Im Schlafzimmer?«

»Nein, das haben wir durch«, seufzt Ebba mit einem gebrauchten Kaffeefilter in der Hand. »Es gibt noch einen Raum mit allerlei Gedöns und einen, der wohl als Büro genutzt wird. Und ein Badezimmer.«

»Alles klar. Ich fahre dann mal los. Inzwischen bin ich sehr gespannt darauf, mit dem Verdächtigen zu sprechen.«

Etwas an der Stimme ihrer Chefin lässt Ebba aufhorchen.

»Ich dachte, er hat schon gestanden.«

»Nope. Das war bloß Wunschdenken des dicken Möchtegern-Sheriffs hier. Die Beamten, die hier vor

Ort waren, sagten übereinstimmend aus, dass Buttig den Mord abgestritten hat.«

»Oha.« Ebba verharrt in ihrer kauernden Stellung und legt den Kopf schief. »Jetzt wird die Sache spannend. Darf ich bei der Vernehmung dabei sein?«

»Wenn du nicht dazwischenquatschst.«

Während Ebba innerlich frohlockt, nähert sich Hilla der Treppe.

»Max?«, ruft sie hoch.

»Komme!«, brüllt er zurück und kurz darauf sind seine Schritte auf den hölzernen Stufen zu hören.

Hilla empfängt ihn mit einer Arbeitsanweisung.

»Du übernimmst die SpuSi, okay? Die müssten jeden Moment hier eintreffen. Danach nimmst du dir ein Taxi zur Polizeistation.«

»Wir könnten mit meinem Toyota fahren«, bietet Ebba an, die ihrer Chefin gefolgt ist. »Dann könnte Max mit dem BMW nachkommen.«

»Wir müssen ohnehin mit deinem Auto fahren«, erwidert Hilla mit Bestimmtheit. »Denn Barne ist mit dem Dienstwagen längst auf und davon. Das Notebook der Toten und das Handy hat er bereits mitgenommen.«

»Oh«, haucht Ebba. Sie war so in ihre Beobachtungen vertieft gewesen, dass ihr der vorzeitige Aufbruch ihres Kollegen völlig entgangen war. Aber es erklärt auch, weshalb Hilla so schnell damit einverstanden war, sie an der Vernehmung teilnehmen zu lassen. Die Frau hat einen Sinn fürs Praktische.

15

Die Polizeistation in Wyk liegt nahe dem Fährhafen der Stadt, ein massiver Bau aus rotem Klinker, dessen moderne Glasfenster im Julilicht glänzen. Im Gegensatz zu den pittoresken Reetdachhäusern, die sie auf ihrer Fahrt quer über die Insel sehen konnten, versprüht dieses Gebäude jedoch keinerlei Charme.

Hilla hat während der Fahrt geschwiegen und Ebba ist es ganz recht gewesen, doch nun, als sie den Toyota vor dem Polizeigebäude parkt, ist sie neugierig, ob ihre Chefin sich schon eine Strategie für die Vernehmung zurechtgelegt hat.

»Hilla . . .«, beginnt sie, doch selbige ist bereits halb aus dem Auto, noch bevor Ebba den Motor abstellt.

Und als Ebba die Fahrertür zuwirft, sieht sie die schlanke Gestalt ihrer Vorgesetzten bereits die Treppe zum Eingang hocheilen.

Als Ebba im Inneren des Gebäudes ankommt, ist Hilla bereits in eine Unterhaltung mit einem älteren Ehepaar verstrickt. Offenbar handelt es sich bei den beiden um die Eltern des Verdächtigen, von denen bereits die Rede war. Der Mann ist durchschnittlich groß, leicht untersetzt und sein graues Haar steht ihm wirr vom Kopf ab. Seine faltenumrahmten Augen tragen eine stille Traurigkeit in sich. Die Frau, klein und hager, trägt ihre Haare streng zurückgebunden. Ihrem faltigen Gesicht nach zu urteilen hat sie die siebzig bereits überschritten. Ihre Hände kneten ein Stofftaschentuch, das bereits völlig durchnässt ist.

»Mein Junge hat nichts damit zu tun«, bricht es aus ihr heraus. »Torsten ist doch keiner, der seine Frau absticht.«

Der Vater sagt nichts. Steif wie ein Zinnsoldat steht er in brauner Hose und weißem Hemd mit gesenktem Kopf neben seiner Frau, die Augen auf den Boden gerichtet, die Hände hinter dem Rücken ineinander verschränkt.

Die Mutter kämpft, der Vater ergibt sich, denkt Ebba, als sie nähertritt.

»Wir werden das klären«, verspricht Hilla, während sie sich nach Melf Brarens Büro umsieht. Eine der umliegenden Türen öffnet sich und der Polizeichef, vermutlich angelockt von den Stimmen am Flur, tritt heraus.

»Schön, dass Sie sich endlich für den Täter interessieren«, ätzt er in ihre Richtung.

»Den Verdächtigen«, korrigiert sie ihn scharf. »Wo ist er?«

»In unserem Vernehmungsraum. Da, wo Sie ihn haben wollten.« Braren reckt sich und plustert seinen Brustkorb auf. »Wir können loslegen.«

»Es genügt, wenn Sie mich hinbringen«, entgegnet Hilla frostig. »Alles andere ist unsere Sache.«

Ebba sieht, wie sich der Blick des Mannes verfinstert. Man muss nicht Psychologie studiert haben, um zu erkennen, wie sehr Hillas Worte ihn in seiner Eitelkeit verletzen.

»Ich bin immer noch der Chef hier«, erklärt er

beleidigt.

Hilla zieht die Augenbrauen hoch.

»Wollen Sie es drauf ankommen lassen? Bei der Gelegenheit können wir auch gleich thematisieren, warum Sie mich absichtlich falsch informiert haben – von wegen, der Verdächtige hat bereits gestanden!«

Brarens Gesicht verfärbt sich nun rot. Ob vor Ärger oder weil er bloßgestellt wurde, bleibt offen. Er öffnet den Mund, um etwas zu entgegnen, doch als nichts herauskommt, deutet er den Flur hinunter.

* * *

Der Vernehmungsraum hat – wie die meisten – kein Fenster. Das soll wohl dazu beitragen, dass Verdächtigen der Ernst der Lage klar wird – der Nachteil ist jedoch der Geruch. Speziell, wenn die Lüftungsanlage bloß vor sich hin surrt, ohne wirklich etwas zu leisten, wie in diesem Fall.

Torsten Buttig war stark alkoholisiert, als er hier festgesetzt wurde und seit dieser Zeit hat sein Körper fleißig Alkohol abgebaut. Hauptsächlich durch Verdunsten über die Haut, denkt Hilla, lässt sich jedoch ihren Ekel darüber nicht anmerken.

Der bis gestern noch als Tischler tätige Dunsumer, vom Körperbau her groß und kräftig, hockt vornübergebeugt in Handschellen vor ihr. Das karierte Hemd fleckig, die Jeans zerknittert. Sein Gesicht ist gerötet, der Blick unstet. Irritiert blickt er zuerst ihr in die Augen, dann jedoch gleitet sein Blick zu Ebba hinüber, die er mit unverhohlener Irritation mustert.

»Ich bin Kriminalhauptkommissarin Hilla Ahrend, meine Kollegin hier ist Ebba Blum, sie ist Psychologin.«

»Ich brauch doch keine Psychotante – ich war das nicht. Denken Sie, ich bin ein perverser Schlächter?«

»Hat man Sie auf Ihre Rechte hingewiesen?«, reagiert Hilla mit einer Gegenfrage. »Insbesondere, dass Sie einen Anwalt beiziehen können?«

»Ja, aber den brauch ich nicht. Ich sagte doch, ich war das nicht – ich war nicht mal zu Hause.«

»Den Unterlagen konnte ich entnehmen, dass Sie Ihre Frau Irma vor einundzwanzig Jahren geheiratet haben. Ist das richtig?«

»Ja.«

»Gut. Wie wärs, wenn Sie mir alles von Anfang an erzählen?«, sagt Hilla freundlich. Sie lässt es wie einen Vorschlag klingen, doch das ist es nicht.

»Jemand hat meine Frau erstochen, als ich nicht zu Hause war«, knurrt Buttig und schlägt mit den Handschellen so fest auf den Tisch, sodass das Metall klirrt. »Nach dem müssen Sie suchen.«

»Sie waren also nicht zu Hause? Wo genau waren Sie denn?«

»In der *Pinne* in Oldsum. Jonte hat einen ausgegeben, zu seinem sechzigsten. Da können Sie jeden fragen, dass ich dort war.«

»Wer ist Jonte?«

»Jonte Hinrichsen, er war mal mein Lehrer – in der Grundschule.«

»Und wann gingen Sie heim?«

»Keine Ahnung. Hab nicht auf die Uhr gesehen. Wusste ja nicht, dass ich das hinterher gefragt werde.«

»Ungefähr?«

»Zehn? Elf?«

Hilla seufzt. »Und dann – wie war das, als Sie heimkamen?«

»Wie sonst auch. Ich stieg aus dem Auto und . . .«

»Aus dem Auto? Sie sind in diesem Zustand selbst gefahren?«

»Was denken Sie denn? Dass ich den ganzen Weg laufe? Ist 'ne ordentliche Strecke von Oldsum nach Dunsum.«

»Na schön, Sie stiegen also aus dem Auto . . .«, nimmt Hilla den Faden wieder auf.

»Ja, und dann ging ich rein.«

»War die Tür versperrt?«

»Nee . . . ist sie nie, wozu auch?«

»Um Mörder davon abzuhalten, in Ihr Haus einzudringen?«

Hillas Sarkasmus verfehlt seine Wirkung nicht.

Torsten Buttig starrt sie eine Weile an und richtet sich dann auf.

»So hab ich das noch nicht gesehen.«

»Sie gingen also rein. Und weiter?«, hakt Hilla nach, doch Buttig scheint nun seinen Gedanken nachzuhängen.

»Gingen Sie in die Küche, nahmen Sie sich etwas zu essen aus dem Kühlschrank oder machten Sie den Fernseher an? Was taten Sie, als Sie heimkamen?«, setzt sie nach.

»Nichts. Ich tat nichts, denn ich hatte zu viel getankt. Zog mir nicht mal die Schuhe aus, sondern ging direkt hoch ins Schlafzimmer. Und da fand ich sie . . . Irma lag da . . . auf dem Bett, und überall war Blut . . .«

Obwohl Hilla ihm kein Wort glaubt, tut sie so, als würde sie jedes Wort von ihm für bare Münze nehmen.

Ihr geht es einzig und allein darum, ihn zum Reden zu bringen. So kann sie an Informationen gelangen und widersprüchliche Aussagen, zu denen es unweigerlich kommen wird, später gegen ihn verwenden.

»Haben Sie erste Hilfe geleistet?«

Wieder blickt er sie verblüfft an.

»Nee . . . ich sagte doch, sie war tot. Ich hab sie nicht angerührt!«

In seinen Augen spiegelt sich das Grauen wider, und er schüttelt sich.

»Das war kein schöner Anblick«, fügt er nach einer Pause hinzu.

»Was das betrifft, haben Sie recht«, erklärt Hilla, lehnt sich zurück und mustert den Mann eine Weile, bevor sie mit ihren Fragen von vorn beginnt.

16

Das Fischlokal „de Hering" liegt direkt am Hafen von Wyk, ein edler Bau aus roten Klinkern mit bodentiefen Fenstern, durch die das Licht der untergehenden Sonne fällt. Nachdem die Flut gerade im Kommen ist, glitzert draußen die Nordsee, während es drinnen nach frischem Fisch, Zitrone und einem Hauch von Weißwein duftet. Die Tische sind mit weißen Leinen-Tischdecken gedeckt, Kerzen flackern in silbernen Kerzenständern, die Wände sind mit maritimen Gemälden und alten nautischen Gegenständen geschmückt.

Hilla ist mit einem seligen Lächeln in die ledergebundene Speisekarte vertieft.

»Seezunge in Beurre blanc . . . mhm, oder vielleicht lieber den geräucherten Butterfisch auf Grünkohl und blanchiertem Gemüse?«

Max neben ihr nippt entspannt an seinem Weißwein.

»Ich tendiere zu Rotbarsch im Gewürzmantel.«

Barne nickt ihm zu. »Genau dasselbe habe ich mir eben auch gedacht.«

»Und du, Blümchen, Hering oder Kabeljau?«, neckt Max seine junge Kollegin, wohl wissend, dass Ebba jeglichen Fisch verabscheut.

Sie zieht eine Grimasse und klappt die Karte zu.

Glücklicherweise hat sie bereits etwas entdeckt, das ihr Herz erfreut.

»Ich nehme einen Krabbenburger mit Süßkartoffeln und Trüffelmajo.«

Endlich beendet auch Hilla das Schwelgen in der aufwendig gestalteten Karte und ihre Augen strahlen, als sie dem Kellner ihre Entscheidung mitteilt.

»Einmal den geräucherten Butterfisch auf Grünkohl, bitte.«

Nachdem auch alle anderen ihre Essenswünsche mitgeteilt haben, wendet sich Hilla an Barne.

»Haben wir schon Hotelzimmer?«

»Die Hotels waren alle ausgebucht.«

Ihre Augenbrauen gehen hoch. »Also haben wir keine Zimmer?«

»Doch.« Barne räuspert sich und rückt seine Brille zurecht. »Natürlich haben wir die. Es ist bloß kein Hotel im eigentlichen Sinne.«

»Was ist es dann?«, fragt Max.

Hilla blickt bereits alarmiert drein. »Das würde mich auch interessieren.«

»Ich habe zwei Apartments mit jeweils zwei Schlafzimmern in einer Apartmentanlage am Strand ergattert.«

Nun blicken ihn beide Frauen entsetzt an.

»Zwei Apartments?«, echot Hilla.

»Ja, aber jedes hat zwei Schlafzimmer«, verteidigt Barne seine Buchung. »Das ist doch okay, oder nicht?«

»Ja, doch, ganz prima«, erwidert Max mit einem Grinsen. »Ich träume schon lange davon, mit Hilla ein Zimmer zu teilen.«

»Ich sagte doch, es gibt zwei Zimmer in jedem Apartment, und ich habe zwei Apartments gebucht.

Das macht nach Adam Ries vier Zimmer – also für jeden eines. Es ist Juli und somit Hauptsaison. Was hätte ich denn sonst tun sollen?«, rechtfertigt sich Barne. »Meine Marke zücken und irgendwelche Touristen aus ihrem Hotel kicken?«

»Das wäre ein Anfang gewesen«, kommentiert Max grummelnd.

Auch Hillas Miene fehlt jede Begeisterung, als sie sich eine Strähne aus dem Gesicht bläst.

»Es ist nun mal, wie es ist«, seufzt sie. »Und es ist besser als Klappbetten in der Polizeistation aufzuschlagen. Aber Max – deine Hoffnungen, was uns beide betrifft, kannst du knicken. Du teilst dir das Apartment mit Barne.«

»Wie herzlos du sein kannst«, blödelt Max und zieht eine enttäuschte Schnute.

Oh Mann, denkt Ebba, die lieber mit Barne ein WC und einen Waschraum teilen würde als mit ihrer strengen Chefin, die immer ein wenig unberechenbar ist.

»Nachdem das nun geklärt ist, wenden wir uns wieder dem Fall zu«, erklärt Hilla und berichtet den beiden männlichen Kollegen, die bei der Vernehmung nicht anwesend waren, dass Buttig die Tat nach Kräften bestreitet.

»Sagte dieser Melf Braren nicht, dass . . .«, beginnt Max stirnrunzelnd.

»Ja«, unterbricht Hilla. »Sagte er. Es stellte sich jedoch als reines Wunschdenken heraus.«

Ihr Handy gibt einen Piepton von sich und sie zieht es aus der Tasche. Nachdem sie die Nachricht gelesen hat, schüttelt sie den Kopf.

»Fred?«, fragt Max, dem es Spaß macht, die

Kommunikationspartner seiner Chefin an ihrer Reaktion zu erraten. Und meistens liegt er mit Fred, ihrem Ex-Lebensgefährten, richtig, denn viele soziale Kontakte hat Hilla nicht.

»Treffer«, sagt sie prompt. »Jemand stiehlt seine Küken.«

»Seine Küken?«, wiederholt Barne überrascht.

»Hat er denn jetzt Hühner?«, hakt auch Max nach.

»Ja, und zwar Bielefelder Kennhühner. Er meint, die sind robust und legen verlässlich jeden Tag Eier. Ihr kennt ja Fred, er macht aus allem 'ne Wissenschaft, und derzeit trifft es eben die Hühnerzucht.« Sie verdreht ein wenig die Augen und legt das Handy wieder weg.

»Zurück zu unserem Fall«, lässt Max das Thema Fred wieder fallen. »Was meinst du – ist Torsten Buttig unser Mann?«

»Wer sonst?«, gibt Hilla zurück und nippt nachdenklich an ihrem Wein. »Ich hab sein Alibi gecheckt, er verließ das Lokal, in dem er mit Freunden feierte, um ungefähr 22:15, für die Fahrt nach Hause brauchte er ungefähr fünfzehn Minuten. Also kam er um ungefähr 22:30 zu Hause an. Aber der Anruf bei der Polizei ging erst um 23:37 ein. Bleibt Pi mal Daumen eine Stunde. Ich denke, das ist ausreichend Zeit für einen gepflegten Ehestreit inklusive tödlicher Messerattacke. Buttig behauptete jedoch, gleich ins Schlafzimmer gegangen zu sein und nach dem Auffinden seiner Frau sofort die Polizei gerufen zu haben. Das passt vorne und hinten nicht zusammen. Außerdem trauert er kaum. Früher oder später wird er wohl gestehen...«

Sie richtet ihren Blick nun auf Barne. »Konntest du das Handy des Opfers durchsehen?«

»Ja, Irma Buttig hatte ein iPhone 11 und als Sperrmodus Fingerprint aktiviert. Bevor ich vom Tatort losfuhr, hab ich es noch mit einem ihrer Finger entsperrt. Auf dem Gerät selbst habe ich bis jetzt allerdings nichts von Interesse entdeckt. Sie und ihr Mann haben kaum über das Handy kommuniziert, und wenn, dann recht kühl. *Was gibt's zu essen?* oder *Mähst du am Wochenende den Rasen?* Hin und wieder kam es vor, dass sie auf seine Fragen nicht reagiert hat, und ich fand auch mehrere halbherzige Entschuldigungen seinerseits, so nach dem Motto, *mach kein großes Ding draus, ich habs nicht so gemeint.*

Ab und an hat sie auch mit der Schwiegermutter per WhatsApp geschrieben. Aber das war noch unspannender als die Kommunikation mit dem Ehemann. Freundinnen hatte sie keine, sie führte offenbar ein sehr einsames, abgeschiedenes Leben.«

»Bedauernswert«, kommentiert Max.

»Und das Notebook?«, hakt Hilla nach.

»Das hat eine Passwortsicherung. Es ist ein älteres Modell und ich bin zuversichtlich, es heute Nacht noch zu knacken. Das Programm über die Hintertür läuft bereits.«

»Mhm.« Max streicht sich nachdenklich über sein Kinn. »Eine fleißige Ehefrau und ein Säufer. Was hat ihn so provoziert, dass er sein gemachtes Nest zerstört?«

»Woher weißt du, dass sie fleißig war?«, hakt Hilla nach.

»Haus und Garten waren tipptopp, vom Schlafzimmer mal abgesehen, aber ich war mit der SpuSi auch im Keller und im Haushaltsraum. Die Schmutzwäsche fein säuberlich nach Farben getrennt.

Wenn meine Mutter die Ordnung dort gesehen hätte, hätte sie sofort zu mir gesagt, *siehst du, Junge, so eine musst du heiraten.* Also – sie hat ihn bekocht, das Heim sauber gehalten, seine Wäsche gewaschen und seinen Dreck weggeputzt. Deshalb frage ich mich, warum und womit sie dermaßen seinen Zorn auf sich gezogen hat?«

»Er ist ein Säufer«, sagt Ebba. »Da reicht es, wenn sie falsch geguckt hat, das Bier alle war oder Ähnliches. Die beiden hatten eine ungesunde Beziehung, und die geografische Isolation in diesem zersplitterten kleinen Dorf hat die Gewaltspirale noch weiter verschärft. Sie konnte sich keine Verbündeten suchen, und er musste sein Verhalten nicht anpassen.«

»Was das wohl für ein Leben war?«, sagt Max überraschend tiefsinnig und blickt Ebba an. »Du warst doch auch bei der Vernehmung dabei, was ist dein Eindruck?«

»Ja . . . ähem . . .« Schlagartig sind alle Augen auf sie gerichtet, darunter auch Hillas stechend grüne, die sie am meisten fürchtet. »Ich denke, die Beziehung der beiden befand sich in einer schlimmen Schieflage. Sie war ihm unterlegen, wenn nicht sogar ausgeliefert. Und es stimmt, was Hilla vorhin sagte . . . er trauert kaum um seine Frau, er hat sie nicht oder nicht mehr geliebt.«

»Dann seid ihr euch einig?«, fragt Max und in seiner Stimme klingt Unglauben mit.

»Ja, klar sind wir das«, sagt Ebba, beginnt dann jedoch zu hüsteln. »Bloß, dass dieser Torsten Buttig für mich als Täter nicht infrage kommt.«

Hillas Augen verengen sich schlagartig.

»Er hatte ein Motiv, er hatte die Gelegenheit, er war vor Ort. Sogar seine verdammten Schuhe waren blutig«, sagt sie ein wenig barsch.

»Das waren Melf Brarens Schuhe auch, als er ins Blut trat«, entgegnet Ebba. »Buttigs Hemd und Hose hingegen haben kaum etwas abgekriegt. Wenn er sie in diesen Klamotten erstochen hätte, würden die anders aussehen.«

»Dann hat er eben seine Kleidung gewechselt. Ich wette, dafür reichte die Zeit auch noch«, entgegnet ihre Chefin, die nun ein wenig verbissen wirkt.

»Natürlich wäre das theoretisch möglich, und wenn dem so ist, wird die SpuSi vermutlich irgendwo die blutige Kleidung entdecken. Aber was mich am meisten schockiert hat, war die Erkenntnis, dass, wer auch immer diese Frau getötet hat, das nicht zum ersten Mal gemacht hat.«

»Oha«, feixt Max. »Das ist aber ein interessanter Ansatz.«

»Und überraschend noch dazu«, ergänzt Hilla und wirft Barne einen fragenden Blick zu. Denn der technikaffine Kollege ist dafür bekannt, sich liebend gern mit Statistiken auseinanderzusetzen.

»Auf Föhr gab es bis dato keinen vergleichbaren Fall«, bestätigt er prompt. »Abgesehen von jener in ganz Deutschland bekannt gewordenen Bluttat, als eine Ehefrau ihren Mann mit zwei Stichen in die Brust tötete. Das ist allerdings schon etliche Jahre her.«

»Ich habe nicht behauptet, dass er es auf Föhr schon mal gemacht hat . . .«, sagt Ebba, aber dieses Mal fällt ihr Hilla ins Wort.

»Nicht falsch verstehen, Küken, ich schätze deine Expertise durchaus, doch jetzt mal im Ernst: Wie wahrscheinlich – auf einer Skala von eins bis zehn – ist es, dass jemand vom Festland nach Föhr fährt, bei Frau Buttig ins Haus spaziert, sie abschlachtet und die Insel dann wieder verlässt?«

»Äh . . .«, beginnt Ebba zu stottern, da ihr nicht erklärlich ist, was das eine mit dem anderen zu tun hat. Ein denkmögliches Szenario und die Wahrscheinlichkeitseinschätzung dieses Szenarios sind völlig unterschiedliche Dinge – und letztere erscheint ihr nicht im Mindesten relevant. »Die Chance auf den Jackpot im Lotto beträgt 0,0007 Prozent oder 0,007 Promille. Das ist unglaublich gering und dennoch verwirklicht sich diese Minimalchance fast jede Woche für einen Menschen. Was ich damit sagen will, ist: Jeder Fall ist anders und muss individuell betrachtet werden – wichtig ist doch einzig und allein, die Zeichen zu lesen, die der Täter für die Polizei zurückgelassen hat.«

»Ja, so weit sind wir uns einig«, sagt Hilla und holt tief Luft, um nun ihrerseits Argumente auf den Tisch zu packen, als der Kellner kommt und sie ihrer Antwort enthebt.

Köstlicher Duft steigt von den bestellten Gerichten auf, und wie auf Kommando greifen alle nach ihrem Besteck.

Auch Ebba entkommt ein genießerisch seufzendes *Mhm,* als sie genüsslich eine Pommes in ihre Trüffelmajo tunkt.

17

Wie sich herausstellt, befinden sich die beiden Apartments, die Barne gebucht hat, in Hochhäusern direkt am Strand – konkret in der sechsten Etage.

Der Ausblick ist umwerfend. Ebba genießt nach dem Betreten der Räumlichkeiten erstmal minutenlang den Blick auf die Nordsee und die Halligen, diese faszinierenden Inseln, die nur bei Ebbe zugänglich sind. Als sie sich von der traumhaften Aussicht wieder lösen kann, hat Hilla ihren Trolley bereits in das größere der beiden Schlafzimmer gerollt, das über ein Doppelbett und einen Fernseher verfügt.

Für sie selbst bleibt das kleinere Zimmer, in dem sich bloß zwei schmale Einzelbetten und ein noch schmälerer Schrank befinden. Nun, sie hatte ohnehin nicht vor fernzusehen und sie hat den kürzeren Weg ins Badezimmer und zur Toilette, versucht sie, sich den spartanischen Raum schönzureden.

Ein komisches Gefühl ist es in jedem Fall, mit Hilla so Tür an Tür zu wohnen. Nach dem abendlichen Zähneputzen haben sie einander eine gute Nacht gewünscht – wenn das nicht spooky ist? Aber hey, das Leben ist ein Abenteuer, und sie hat ihren eigenen Schlüssel. Wann auch immer sie das Gefühl hat, dass es ihr hier drinnen zu eng wird, kann sie den Strand entlanglaufen.

Jetzt gerade hat sie nur das Bedürfnis, sich lang zu strecken und Marius eine Textnachricht zu schicken.

Ein Geräusch lässt sie aufhorchen. Es ist Hillas Handy, das klingelt. Mann, diese Wände sind aber echt dünn.

»Moin Jork«, sagt Hilla und Ebba versteht sie so laut und deutlich, als ob sie hier neben ihr sitzen würde. Sogar Hendersens Stimme kann sie hören, wenn auch unverständlich.

»Nein, es liegt nicht an mir, dass die Zusammenarbeit kompliziert ist«, erklärt ihre Chefin mit einem genervten Unterton. »Dieser Inselsheriff hat eine sehr egozentrierte Wahrnehmung . . . was das heißen soll? Dass er nur hört, was er hören will, und anstelle von Fakten Meinungen präsentiert . . . mag sein, dass das bei Politikern üblich ist, aber erstens ist dieser Vollhonk Polizist und zweitens kann ich damit nichts anfangen . . . ja, ich weiß, was Kooperation ist, aber er sollte die Bedeutung dieses Wortes auch kennenlernen, sonst bekommen wir nie ein gemeinsames Verständnis davon . . . nein, wir können den Sack noch nicht zumachen . . . weil es nicht ausreicht, dass Braren behauptet, der Ehemann würde gestehen . . . richtig . . . nein, er gesteht eben nicht. Nee, einen anderen Verdächtigen gibt es nicht . . . ja, ich denke auch die ganze Zeit darüber nach, wie wir ihn dazu bringen können . . . ja, wenn wir in der Sache weiterkommen, lasse ich es dich wissen . . . tschüss Jork.«

Ebba, die erst jetzt bemerkt, dass sie während des Telefonates vor Neugier den Atem anhielt, atmet wieder weiter und streckt sich entspannt auf dem Bett

aus, als Hillas Handy von Neuem losklingelt.
»Hi Fred«, dringt Hillas Stimme abermals durch die Wand, dieses Mal jedoch deutlich sanfter.
»Okay, also drei von deinen acht Küken fehlen«, fasst sie kurz darauf das Problem ihres Ex zusammen. »Ja, ich denke auch, dass eine Kamera eine gute Idee wäre. Wenn noch ein Küken verschwindet, kannst du hinterher gucken, wie es dazu kam, und dann kannst du immer noch zur Polizei gehen . . . nein Fred, es genügt nicht, wenn du es mir erzählst . . . ach so, das war ein Scherz . . . hahaha . . . nee, damit habe ich nicht gerechnet. Wie geht's Nele? Genießt sie die Uni-Ferien? Ach, sie kommt für eine Landluft-Woche zu Besuch? Mal sehen, ja, wenn wir den Fall hier abgeschlossen haben, komme ich gerne vorbei . . . einen Apfelkuchen? Nee, der ist nicht schwierig, ja, hol dir was zum Schreiben, ich sag dir das Rezept durch . . .«

Ebba stöhnt innerlich. Wenngleich sie es süß findet, dass ihre Chefin ihren Ex bei so ziemlich allem unterstützt, nervt es sie doch, dass dieses Telefonat kein Ende nehmen will. Offenbar ist nicht nur Fred, sondern auch Hilla einsam. So einsam, dass sie ihm Kuchenrezepte durchbuchstabiert, wenn sie denkt, dass es keiner mitkriegt.

Als sie jedoch dazu übergeht, sich mit Fred über Netflix-Serien auszutauschen, schwingt Ebba ihre Beine aus dem Bett. Erstens hasst sie es zu lauschen, obwohl sie es gleichzeitig auch unheimlich spannend findet, und zweitens kann sie keinen einzigen eigenen Gedanken zu Ende denken.

Sie nimmt ihren Schlüssel an sich und schleicht leise, so wie sie ist – barfuß in Schlafshorts und T-Shirt – aus dem Apartment. Bevor sie die sechs Stockwerke mit dem Fahrstuhl hinunterfährt, schiebt sie noch schnell den Schlüssel unter die Fußmatte.

18

Der Strand belohnt sie mit einer Flut. Auch wenn der Höhepunkt längst überschritten ist und das Wasser sich bereits wieder zurückzieht, rollt eine Welle um die andere heran und die weiße Gischt schäumt und glitzert im Mondlicht, als Ebba ihre nackten Zehen hineintaucht. Außer ihr sind nur einige wenige Pärchen zu sehen, die den Sternenhimmel genießen oder so tun als ob, während sie stattdessen miteinander beschäftigt sind. Ebba denkt an Marius und wie sie jetzt wohl ebenfalls ineinander verschlungen wären, wenn er hier wäre.

I will survive schallt es von der Beach Bar herüber und der unwiderstehliche Drang, dazu zu tanzen, überkommt sie. Sie beginnt, sich barfuß im Sand zu drehen und genießt es, dass sich niemand hier daran stört. Sie dreht und wendet sich, bis sie sich erschöpft, aber glücklich, in den Sand fallen lässt.

Ob Irma oft am Meer war?

Vermutlich nicht. Ebba hat so eine vage Vorstellung davon, dass die einundvierzigjährige Frau ihren Mann verlassen hätte, wenn sie sich öfter dem Rauschen der Wellen und dem Flüstern des Windes hingegeben hätte. Das hier ist Freiheit. Pur und bis in die Knochen. Niemand, der das in sich aufgesogen hat, kehrt anschließend in ein mehr oder weniger selbstgewähltes Gefängnis zurück.

Warum bist du geblieben?

Du wurdest an der kurzen Leine gehalten. Das Geld war nicht deines, nur zum Einkaufen hast du welches bekommen, aber nicht genug, um für ein Ticket in ein neues Leben zu sparen. Du warst abhängig von deinem Mann. Er ist groß und kräftig, sicher hat er dir gefallen, als er jung war. Seit einundzwanzig Jahren seid ihr schon verheiratet, wo sind die Kinder geblieben?

Die kamen nicht. Kein einziges wuchs in deinem Bauch heran. Wahrscheinlich haben sie dir die Schuld daran gegeben. Nicht nur dein Mann, sondern auch die Schwiegereltern, die gegenüber wohnen und auf Enkel hofften.

Mehr als zwanzig Jahre lang. Das vergiftet eine Beziehung. Der Kreislauf aus Hoffen, Bangen und Enttäuschung läuft schon viel zu lang. Dein Mann trinkt nun schon seit Jahren, Lieblosigkeit und Gewalt haben sich eingeschlichen.

Dennoch bist du geblieben.

Warum? Hattest du noch Hoffnung oder wusstest du einfach nicht, wo du sonst hin solltest? Vielleicht hast du mal gedroht, ihn zu verlassen, wenn er nicht mit dem Trinken aufhört? Vielleicht hat er dir daraufhin erklärt, was dir dann blüht?

Er ist ein Trinker, aber kein Idiot. Er arbeitet und zahlt seine Steuern, er weiß, was er an dir hat. Die Liebe ist längst erloschen, aber seine Wäsche will er gebügelt haben, seine Mahlzeiten pünktlich auf dem Tisch. Und wenn die Eltern demnächst alt und gebrechlich werden, braucht er dich umso mehr. Er hält den Laden am Laufen und du die Familie. Das ist nichts, dem du dich einfach so entziehen kannst. Das wird er nicht zulassen, nicht wahr? Er hat dich eingeschüchtert, dich klein gehalten, dir gezeigt, wo dein Platz ist. Und du hast dich gefügt.

Das hast du doch, nicht wahr? Oder hast du damit aufgehört?

Nein, ich denke nicht. Auf der anderen Seite ist da dein toter Körper, der uns eine Geschichte erzählt – eine Geschichte von dir und deinem Mörder.

Wer auch immer letzte Nacht bei dir war, hat dich ans Bett gefesselt, um mit dir zu spielen. Es war jemand, der auf deinem Körper mit einer scharfen Messerspitze geschwungene Linien malte und sich daran ergötzte, wie dein Blut in dünnen Rinnsalen über die blasse Haut lief. Jemand, der völlig anders tickt als dein grobschlächtiger Ehemann.

Jemand mit perfidem Feingefühl.

Aber wer?

Wer auch immer du bist, du hast es genossen, die scharfe Klinge wieder und wieder anzusetzen. Dabei hast du dein Opfer beobachtet, den Blickkontakt gesucht, dich an seiner Panik und Verzweiflung geweidet. Es hat dich angemacht, nicht wahr? Irmas Leid unter dieser Folter hat dich erregt, ihre Angst, die du unweigerlich riechen musstest, hat dich immer weiter getrieben. Noch ein Schnitt, und noch einer. Und als sie völlig verängstigt das Bett eingenässt hat, hast du sie dafür bestraft. Noch ein Schnitt.

Irgendwann bist du an den Punkt gekommen, an dem du deine Erregung nicht mehr länger zurückhalten konntest. Nun musstest du beenden, was du angefangen hattest. Sie ganz und gar in Besitz nehmen. Tief in sie eindringen. Den Albtraum zum Höhepunkt bringen. Im wahrsten Sinn des Wortes.

Hast du ihr dabei auch in die Augen geblickt?

In jedem Fall wolltest du keine Spuren hinterlassen, nicht wahr? Dein Sperma werden wir also in dem geschundenen Körper deines Opfers nicht finden.

Nein, du bist kein Idiot. Du bist ein gut organisierter Psychopath. Wenn du sie vergewaltigt hast, hast du dafür ein Kondom mitgebracht – vermutlich sogar zwei. Kontrollfreaks wie du wollen immer auf Nummer sicher gehen.

Und danach, was war danach?

Danach war sie wertlos und eine Gefahr noch dazu. Wenn du nicht maskiert warst, würde sie dich erkennen, also hattest du eigentlich keine Wahl, du musstest sie töten . . . oder war es genau anders rum? Ging es dir genau um diesen Moment, diesen ganz besonderen Moment, wenn das Leben aus dem Körper verschwindet und ihn als leere Hülle aus Muskeln, Haut und Knochen zurücklässt? Dieser eine Moment, der so kostbar für dich ist, dass du ihn gerne festhalten würdest, um ihn immer wieder aufs Neue zu erleben?

»Fuck«, flucht Ebba lauthals, als eine eiskalte Welle plötzlich ihre Beine umspült. Sie springt auf und mit einem Mal ist ihr klar, was in diesem Schlafzimmer abgelaufen ist.

19

So schnell ihre Beine sie tragen, läuft Ebba zurück zu dem Apartmentkomplex, der für sie das Paradebeispiel einer Bausünde darstellt, und hetzt hoch in den sechsten Stock. Aber sie schlüpft nicht in ihr eigenes Zimmer zurück, sondern läutet drei Zimmer weiter, wo Barne untergebracht ist.

Doch es ist nicht Barne, der auf ihr Klopfen hin öffnet.

Es ist Max, der sie überrascht anblickt.

»Was willst du hier? Mitten in der Nacht?«

Aus der Tatsache, dass er bekleidet ist und einen Drink in der Hand hält, schließt sie, dass sie ihn weder geweckt noch in einer intimen Situation gestört hat.

»Seit wann bist du um diese Uhrzeit allein?«, kontert sie routiniert. »Hat dich das Glück bei den Frauen verlassen?«

»Keine Sorge, Cindy, Mindy . . . oder so ähnlich, hat mich vorhin schon am Strand verwöhnt. Die haben 'ne nette Beach Bar da unten, solltest du auch mal probieren.«

»Mhm.« Ebba kräuselt die Lippen. »Du mit deiner Sandphobie hast dich an den Strand gewagt?«

Er zieht nun verschmitzt die Schultern hoch.

»Ich arbeite hart an mir und meinen Handicaps, so hab ich es in die Bar geschafft. Aber dann sagte Mindy oder Cindy, die haben hier Dinger, die sie Strandkörbe nennen und sie hätte 'ne Decke dabei . . .«

»Ist Barne da?«, kommt Ebba nun auf ihr eigentliches Anliegen zu sprechen.

»Klar, wo sollte er sonst sein?«, lacht Max, dass es nur so durch den Flur hallt. »Er hat auch soeben etwas auf dem Notebook des Opfers entdeckt.«

»Ach ja? Was denn?«

»Das soll er dir selbst zeigen. Jetzt sag mir lieber, warum du hier bist.«

»Okay«, gibt sie nach. Auch wenn es ihr leichter fällt, mit Barne zu sprechen, immer kann sie es sich nicht aussuchen. »Kannst du dich erinnern, als wir auf der Suche nach der Schnur das Schlafzimmer der Buttigs durchsucht haben? Wir haben neben dem Bett Abdrücke im Teppich gesehen, die im Dreieck angeordnet waren.«

Max reibt sich den Nacken, was ihm wohl beim Nachdenken helfen soll.

»Ja, richtig«, sagt er dann. »Ich erinnere mich, da stand wohl etwas auf drei Beinen.«

»Genau. Und ich weiß jetzt, was das war.«

»Okay, komm rein.« Dann fällt sein Blick auf ihre Füße und sofort schnellt seine Hand vor, um sie zu blocken. »Nein, stopp, warte.«

Kurz darauf ist er mit zwei Badetüchern zurück, die er wie einen roten Teppich zwischen ihr und der Duschkabine auslegt.

»Spül dir erst den Sand ab, sonst versaust du uns mit deinen Füßen die ganze Bude.«

Warum sieht keiner, was ich sehe?
Und warum denken diejenigen, die in ihrer
Wahrnehmung eingeschränkt sind, dass sie recht haben –
bloß weil sie die Mehrheit sind?

Ebba Blum, Kriminalpsychologin

MONTAG

20

Hilla liebt das Alleinsein am Strand, besonders am frühen Morgen. Ihre nackten Füße graben sich in den Sand, der um diese Zeit noch angenehm kühl ist. Ihre schwarzen Sandalen liegen achtlos daneben, die schwarze Lederjacke, die sie so gut wie immer begleitet, hängt über der Stuhllehne, weil sie Lust hat, die angenehm frische Brise auf ihren bloßen Armen zu spüren.

In einem Strandcafé zu sitzen, das direkt an den langen und breiten Sandstrand anschließt und aufs Meer hinauszusehen, erinnert sie an die endlosen Sommer ihrer Kindheit auf Sylt und an eine Freiheit, die sie längst verloren hat.

Die Wunder-Bar, die dem Hochhaus, in dem sie untergebracht wurden, am nächsten liegt, ist ein luftiger Holzbau mit weiß gestrichenen Balken, wo es nach frischem Kaffee und warmem Brot duftet. Vom Meer trägt eine salzige Brise den Geruch von Tang heran. Eine herrliche Mischung.

Sie trinkt den heißen schwarzen Kaffee, den der Kellner ihr soeben gebracht hat, in kleinen Schlückchen und steckt sich eine Zigarette an. Hoch über ihrem Kopf ziehen die Möwen kreischend ihre Kreise. Bestimmt warten sie bereits darauf, dass die ersten

Gäste Frühstück bestellen und sie sich im Anschluss über die Reste hermachen können. Der Rauch kringelt sich in der klaren Luft, und sie genießt diesen Moment mit sich allein, als ihr Handy mit einem Piepton aufmuckt.

Fred, denkt sie. Vermutlich hat er noch ein Küken verloren.

Schmunzelnd zieht sie das Handy aus ihrer Hosentasche und guckt nach. Bingo. Doch ihr Ex hat ihr bloß drei verschiedene Links zu Überwachungskameras geschickt, weil er unschlüssig ist, welche er kaufen soll.

Hilla stöhnt innerlich. Das ist so typisch Fred. Wie üblich muss er jedes Problemchen von allen Seiten beleuchten. Bestimmt hat er schon von zwanzig Kameras die Beschreibungen und Bewertungen gelesen, und diese drei stellen wohl seine Topauswahl dar.

Praktisch veranlagt, wie sie ist, schreibt sie ihm zurück, ohne auch nur einen der Links zu öffnen. *Nimm die mit der kürzesten Lieferzeit, und wenn das auf mehrere zutrifft, dann die, die sich am einfachsten montieren lässt.* Schließlich ist Fred nicht gerade mit handwerklichen Fähigkeiten gesegnet. Im Übrigen auch nicht mit IT-Skills. *Und die sich leicht mit deinem Handy verbinden lässt*, fügt sie deshalb noch hinzu.

Als sie wieder hochblickt, sieht sie ihr Team heranschlendern. Als Gruppe – nicht mehr so wie früher, als Ebba wie ein verlorener Welpe den anderen hinterher tappte, tief in ihre Hirngespinste verstrickt. Die junge Kriminologin hat sich weiterentwickelt – sie hat sich angepasst, also gesellschaftlich, korrigiert Hilla sich in Gedanken. Was die Kleidung betrifft, ist sie nach wie vor *unique*, um es schmeichelnd auszudrücken. Auch ihr heutiges Outfit ist auffällig. Sie hat die froschgrünen Sandalen mit den hohen Absätzen, die sie gestern trug, gegen schwarze Schnürsandalen getauscht, die bis über die Knie reichen – kombiniert mit kurzen schwarzen Jeans und einem ebensolchen Top, selbstverständlich mit all den üblichen grellen Accessoires in Neonfarben. Die knallgelbe Sonnenbrille steckt im Haar, das sie auch heute wieder zu einem hohen Zopf gebunden trägt, und die orangefarbene Handtasche, die niemals fehlen darf, leuchtet mit der Morgensonne um die Wette. Den zarten türkisfarbenen Schal, den sie gestern um den Hals trug, hat sie gegen türkisfarbene Creolen getauscht, die an ihren Ohrläppchen schwingen.

Während Hilla ihr jüngstes Teammitglied mustert, hat sich Max bereits auf dem nächstliegenden Stuhl niedergelassen und schielt auf ihr Handy, auf dem WhatsApp geöffnet ist.

»Moin«, sagt er grinsend. »Hast du dir heimlich ein Privatleben zugelegt?«

Hilla lacht. »Nee, derzeit beschäftige ich mich in meiner Freizeit mit Kameras.«

»Mit Kameras?« Max wirft Ebba einen Blick zu. »Hast du es ihr schon gesagt?«

Doch Ebba, die sich gerade mit Barne über Lars unterhält, blickt irritiert zurück.

»Wem was gesagt?«

»Hilla – das mit der Kamera«, hilft er ihr auf die Sprünge.

»Nein, sie hat doch schon geschlafen letzte Nacht, und heute Morgen, als ich aufwachte, war sie bereits weg . . .«

»Wovon redet ihr?« Hilla sieht Max nun mit zusammengekniffenen Augen an. »Raus damit – was ist los?«

»Es gab 'ne Kamera«, sagt Max.

»Also zumindest denke ich das«, präzisiert Ebba.

»Und warum denkst du das?«, bohrt Hilla weiter.

»Weil Abdrücke im Teppich waren – im Schlafzimmer.«

»Abdrücke?« Hilla runzelt die Stirn. »Welche Abdrücke denn?« Sie hatte jedenfalls keine bemerkt, aber sie hatte in diesem exorbitant stinkenden Raum auch nicht jeden einzelnen Quadratzentimeter Teppich untersucht.

»Ja, sieh mal.« Ebba zeigt ihr nun das Foto, das sie davon gemacht hat.

»Und jetzt denkst du . . .«, beginnt Hilla.

»Dass dort ein Stativ stand!«, platzt Barne heraus, der sich nie zurückhalten kann, wenn es darum geht, Neuigkeiten zu verkünden. »Ein Stativ, das neben dem Bett aufgestellt wurde und dazu diente, eine Kamera in einem günstigen Winkel zu positionieren.«

»Oha, das ist eine interessante Theorie.« Hilla lächelt Ebba zu. Das Mädchen macht sich, das muss sie zugeben. Anschließend nimmt sie Barne ins Visier. »Informiere die SpuSi, die sollen explizit nach einer Kamera Ausschau halten.«

»Und bestell uns drei Kaffee«, setzt Max hinterher, »und für mich einmal Frühstück mit allem.«

»Bin ich jetzt dein Kellner?«, gibt Barne flapsig zurück.

»Siehst du hier sonst einen? Alternativ könntest du uns in einem Hotel einbuchen, das den Namen auch verdient.«

Barne verzieht das Gesicht. Sie sind die Einzigen im sandigen Außenbereich, die anderen Gäste bevorzugen offensichtlich um diese frühe Uhrzeit noch den warmen Innenbereich.

»Okay, ich finde den Kellner für dich.«

»Tja«, sagt Ebba spöttisch und grinst Max amüsiert an. »Ohne weibliches Personal, das dich vergöttert, bist du genauso geliefert wie der Rest von uns.«

21

Während Barne sich um die Kaffee- und Frühstücksbestellung kümmert, geht Hilla bereits die Tagesplanung an. Sie pikst mit ihrem rechten Zeigefinger Richtung Max.

»Nach dem Frühstück fährst du direkt nach Niebüll, um die Autopsie zu begleiten.«

»Ja«, erwidert Max und ein sonniges Lächeln umspielt seine Lippen. »Dr. Eva Meinhard freut sich schon.«

»Auf dich oder auf die Leiche?«

Max schüttelt mit gespielter Betroffenheit den Kopf. »Was für eine Frage!«

Hilla zieht ihre Augenbrauen hoch. »Sag bloß, das ist was Ernstes zwischen euch?«

»Was Ernstes?«, lacht er frei heraus. »Nee, ernst ist es nicht. Dafür ist es prickelnd, aufregend, heftig . . .«

»Schon gut«, bremst sie ihn wieder ein. »Ich nehme die Frage zurück.«

»Ich glaubs nicht«, lacht Max, als er Barne erblickt, wie jener mit einem Tablett, auf dem drei Kaffeetassen stehen, zurückkehrt.

»Also bist du doch unser Kellner«, macht er sich lustig.

Sein Kollege stellt das Tablett ab und zieht einen

Flunsch.

»Unbezahlter Hilfskellner trifft es eher. Dein Frühstück kannst du in fünf Minuten abholen. Und bei der Gelegenheit kannst du mir auch meines mitbringen. Das hier ist echt Servicewüste Deutschland.«

»Hmm . . .« Ebba bläst über ihren heißen Kaffee. »Danke, Barne.«

»Ich denke, fast überall auf der Welt ist der Service besser«, sagt Hilla.

Max, der soeben einen Schluck Kaffee genommen hat, nickt zustimmend. »Und auch der Geschmack«, fügt er hinzu.

»Ach übrigens«, setzt Barne fort, und sein Blick gilt nun Hilla. »Feddersen von der SpuSi hat mich angerufen. Er lässt fragen, ob du ihn und seine Leute für Vollpfosten hältst? Kameras sind immer *on top of the list*, musste ich mir sagen lassen.«

Hilla zuckt die Schultern. Auf Befindlichkeiten dieser Art hat sie noch nie Rücksicht genommen und wird das auch weiterhin nicht tun.

»Hauptsache, sie finden das Ding.«

»Das werden sie nicht«, sagt Ebba.

Augenblicklich wird es ruhig am Tisch.

»Und warum nicht?«, hakt Hilla nach. »Torsten Buttig hatte ungefähr eine Stunde Zeit, seine Frau zu töten und sich anschließend umzuziehen. Die zwei Minuten, die er vermutlich brauchte, um Kamera und Stativ wieder wegzuräumen, fallen da nicht ins Gewicht.«

»Da gebe ich dir recht, doch meine Theorie ist eine andere«, kontert Ebba mutig.

»Nämlich?«

»Die Kollegen von der SpuSi werden die Kamera

nicht finden, weil es nicht Buttigs Kamera war. Jemand anders war bei Irma im Haus, als Buttig sich mit seinen Kumpels auf dieser Party volllaufen ließ.«

»Ein Fremder, der einfach mal so vorbeikommt, Buttigs Frau abschlachtet und wieder geht?«, fragt Hilla und ihre Stimme drückt aus, was sie davon hält. »Hatten wir das Thema nicht schon?«, fragt sie in einem Tonfall, als ob die kleine Ebba sich trotz mehrmaliger Aufforderung vor dem Essen nicht die Hände gewaschen hat.

»Ja . . . äh, ich weiß, das klingt . . . nun ja . . . abenteuerlich . . .«, beginnt Ebba zu stottern. Der Blick ihrer Chefin, kombiniert mit diesem Tonfall, lässt ihren Puls in die Höhe schnallen.

»Abenteuerlich?« Hilla zieht das Wort in die Länge. »Du meinst wohl eher *unwahrscheinlich*.«

»Was . . .«, stottert Ebba neuerlich, »Nein, was ich eigentlich sagen wollte . . .«

Barnes Handy beginnt nun so penetrant zu klingeln, dass sie irritiert verstummt.

»Ja?«, fragt Barne und zieht die Augenbrauen hoch, während er der Stimme am anderen Ende der Leitung lauscht. »Gut gemacht.«

»Das ist ja 'n Ding!«, murmelt er, als er sein Handy wieder wegsteckt.

»Sie haben die Kamera gefunden«, sagt Hilla mit triumphierendem Blick.

»Das nicht«, erwidert er nachdenklich, »aber die blutige Kleidung des Täters, die im Garten vergraben war.«

»Nicht schlecht«, kommentiert Max und Hilla lehnt sich zufrieden lächelnd zurück. Ihre Augen richten sich erneut auf Ebba. Triumph spiegelt sich darin wider.

»Wenn sich nun rausstellt, dass die Klamotten Torsten Buttig gehören, überdenkst du dann deine nette kleine Theorie noch mal?«

»Äh . . .«, beginnt Ebba, doch Barne fällt ihr ins Wort.

»Das ist noch nicht alles«, fügt er hinzu. »Ich habe in der Nacht endlich Zugang zum Notebook unseres Opfers bekommen und eine Webapplikation entdeckt, die sie sehr häufig nutzte.«

»Was soll ich mir darunter vorstellen?«, hakt Hilla neugierig nach.

»Eine Art Online-Forum, in dem sich Mitglieder in Gruppen austauschen, aber auch die Möglichkeit haben, private Chats zu eröffnen.«

»Und um welches Thema ging es da?«

»Häusliche Gewalt.«

»Irma Buttig tauschte sich mit anderen über häusliche Gewalt aus?«

»Ja, und nicht nur das. Sie leistete sich auch eine Online-Beratung, die von einer der Therapeutinnen dieser Plattform angeboten wurde.«

»Auch wegen häuslicher Gewalt?«

»Ja, die Korrespondenz der beiden ging über vier Monate, und nachdem Irma Vertrauen zu Dr. Hanna Beerensen gefasst hatte, schilderte sie zunehmend detaillierter ihr Ehemartyrium. Zusammenfassung: Torsten Buttig ist ein echtes Schwein. Er hat sie schon früher mit dem Messer bedroht – man kann es in ihren eigenen Worten nachlesen.«

Hilla schlägt mit der flachen Hand auf den Tisch.

»Ist das zu fassen! Ich will jede einzelne Seite dieser Kommunikation ausgedruckt haben. Und dann packen wir dieses Schwein an den Eiern.«

22

Um bei den nun folgenden Vernehmungen das belastende Anschauungsmaterial griffbereit zu haben, hat Hilla sich entschlossen, die blutdurchtränkte Kleidung persönlich abzuholen, bevor sie sich – gemeinsam mit Ebba – auf den Weg zur Wyker Polizeistation macht.

Just in jenem Moment, als sie die Treppe zum Eingang der Polizeistation hocheilt, erreicht sie eine WhatsApp-Nachricht von Max, der bereits mit dem Dienstwagen auf der Fähre Richtung Dagebüll unterwegs ist. Sie klickt auf den mitgeschickten Link und gelangt auf eine Online-Nachrichtenseite namens Föhrer Rundblick. Die Headline springt ihr sofort ins Auge.

MORD AUF FÖHR VON WYKER POLIZEI BEREITS GEKLÄRT

In Folge ist der Sachverhalt kurz erläutert, jedoch im Wesentlichen darauf reduziert, dass der ortsansässige Tischler Torsten B. seine Ehefrau Irma B. mit mehreren Messerstichen getötet hat. Der Artikel schließt mit dem Hinweis, dass man sich in jeder Lebenslage auf die einheimische Polizei verlassen kann und die Verstärkung vom Festland, die man natürlich sehr schätzt, eigentlich nicht nötig gewesen wäre.

»Dieser verfluchte Braren!«, schimpft Hilla und stößt die Eingangstür auf.

Buttigs Eltern sitzen immer noch auf den Stühlen im Vorraum – nein, vermutlich schon wieder. Hilla beäugt sie kritisch, um Änderungen an der Kleidung zu entdecken. Doch sie kann sich beim besten Willen nicht mehr daran erinnern, was die beiden gestern trugen.

Entschlossen dreht sie sich zu Ebba um, die ihr auf dem Fuß folgt.

»Tragen die beiden dieselben Klamotten wie gestern?«, raunt sie ihr leise zu.

»Beinahe«, flüstert Ebba zurück. »Die Hose des Mannes ist dieselbe, aber das Hemd hat er gewechselt. Bei der Frau kann ich es nicht sagen, weil . . .«

»Danke, das reicht mir schon«, unterbricht Hilla erleichtert darüber, dass die beiden nicht die Nacht hier verbracht haben. Demnach kamen sie heute Morgen wieder her, um zu erfahren, wie es mit ihrem Sohn weitergeht.

Melf Braren kann offenbar von seinem Büro aus sehen, wenn Hilla die Polizeistation betritt, denn es kann kein Zufall sein, dass er schon wieder just bei ihrer Ankunft aus seinem Büro tritt. Gleichzeitig kommt Leben in das alte Paar. Die beiden stürmen sofort auf ihn zu, um ihn mit Fragen zu bombardieren.

»Wann lässt du unseren Jungen wieder raus?«

»Gar nicht.«

»Aber er wars doch nicht.« Die Verzweiflung des Vaters dringt aus jedem Wort.

»Du kannst das doch nicht einfach meinem Jungen umhängen«, schluchzt die Mutter.

»Jetzt tut mal nicht so, als ob ihr da 'nen Nobelpreisträger großgezogen habt. Ihr wisst doch selbst, was der Torsten für einer ist. Ein Säufer, dem nur allzu leicht die Hand ausrutscht«, hält Braren dagegen und ausnahmsweise muss Hilla ihm recht geben.

»Das kannst du doch nicht sagen. Wir kennen unseren Jungen – der meint das doch nicht so«, argumentiert die alte Frau tapfer weiter.

»Aber das Messer, das er verwendet hat, meinte das schon genau so. Er hat 'n Menschenleben ausgelöscht«, blafft Braren. »Der kommt nicht mehr nach Hause. Es ist besser, wenn ihr euch damit abfindet.«

»Aber was sollen wir denn jetzt machen?«, fragt der alte Mann, dessen Hilflosigkeit fast rührend wirkt. »Ich meine, was wird denn jetzt aus uns? Ich kann doch die Tischlerei nicht mehr allein führen, und meine Frau ist schon länger nicht mehr ganz gesund. Seit Monaten schon hat Irma für uns gekocht.«

»Dann hätt er sie halt am Leben lassen sollen«, sagt Braren, der nun so tut, als würde er Hilla und Ebba erst jetzt bemerken. »Im Übrigen könnt ihr all eure Sorgen mit den Kollegen vom Festland teilen, die uns in diesem Fall großartig unterstützen.«

»Richtig«, übernimmt Hilla, reicht den beiden die Hand und stellt sich und die junge Kriminologin vor. Anschließend fixiert sie den Dorfsheriff, wie sie ihn in Gedanken bezeichnet, mit einem kalten Lächeln. »Sie waren sicher so nett, uns einen Raum für ein Gespräch vorzubereiten?«

»Klar doch.« Braren nickt und streicht sich über seinen Schnauzer. »Nachdem derzeit alle Kollegen damit beschäftigt sind, die Touristen vom Tatort fernzuhalten, haben wir genügend leere Zimmer.«

Er macht eine ausschweifende Bewegung zu einem der benachbarten Räume.

»Sehr zuvorkommend«, bedankt sich Hilla und lotst Ebba und das alte Paar im nächstgelegenen Raum zu einem Tisch, der bereits über zwei Stühle verfügt. Kurzerhand zieht sie zwei weitere von benachbarten Schreibtischen heran und gibt Ebba einen davon ab.

»Herr und Frau Buttig, nehmen Sie Platz. Ich werde Ihnen nun einige Fragen stellen. In Ordnung?«

Die Mutter schluchzt auf und schnäuzt sich in ihr Taschentuch, aber der Vater nickt.

Nachdem die Formalitäten wie Name, Adresse, Alter und Wohnsitz geklärt sind, packt Hilla ohne Vorwarnung die durchsichtige Tüte mit der blutigen Kleidung auf den Tisch. Sie zieht sich Handschuhe über, bevor sie hellblaue Jeans, ein grün-weiß kariertes Hemd und ein Paar Sportschuhe herauszieht.

»Gehören diese Sachen Ihrem Sohn?«

Nachdem die Mutter kontinuierlich weint und sich das Taschentuch ins Gesicht presst, nimmt Hilla den Vater ins Visier.

»Herr Buttig, gehören diese Sachen Ihrem Sohn?«

»Ich weiß, Sie denken schlecht von ihm...«, beginnt jener stockend.

»Darum geht es nicht. Wir müssen zuallererst Klarheit über die Fakten bekommen. Und ich verspreche Ihnen Folgendes: Ich werde diese Kleidung, wenn es sein muss, jedem einzelnen Einwohner auf dieser Insel zeigen. Also lügen Sie mich nicht an. Gehören diese Sachen Ihrem Sohn?«

Der alte Mann nickt nun, aus seinem Augenwinkel tritt eine Träne.

»Wann haben Sie diese Kleidung und die Schuhe das letzte Mal an Ihrem Sohn gesehen?«

»Das kann ich nicht sagen, ehrlich nicht. Die Schuhe trug er oft, das Hemd auch.«

»Und die Jeans?«

»Er trug immer Jeans, aber ich kann die nicht unterscheiden.«

»Okay, dann kommen wir nun zu einem weiteren wichtigen Punkt. Wussten Sie, dass Ihr Sohn seine Frau regelmäßig misshandelte?«

Während die Mutter laut aufschluchzt und heftig ihren Kopf schüttelt, lässt der Vater seinen Blick beschämt sinken.

»Ich nehme das als ein *Ja*«, sagt Hilla und fixiert den Alten mit einem stechenden Blick. »Das führt mich zur nächsten Frage, Herr Buttig: Gibt es einen Grund, dass Sie Ihrer Schwiegertochter nicht geholfen haben?«

23

Nachdem auch der Vater in Tränen ausgebrochen ist, schlägt Ebba eine Pause vor, in die Hilla widerwillig einwilligt. Insgeheim muss sie der jungen Kriminologin recht geben – die alten Eltern, auch wenn sie eine Art Mitschuld auf sich geladen haben, sind am Ende ihrer Kräfte angelangt.

Also begibt sie sich mit einem Automatenkaffee und einer Zigarette für eine Viertelstunde in die Sonne und überlässt es ihrer jungen Kollegin, die Zeugen mit Wasser zu versorgen.

Tatsächlich ist die Stimmung ruhiger und gelöster, als sie wieder in den Raum zurückkehrt, zumindest so lange, bis sie den Packen Papier, den Barne ihr ausgedruckt hat, auf den Tisch packt und den beiden erklärt, worum es sich dabei handelt.

Am Gesicht der Mutter kann sie ablesen, dass sie ihr nicht folgen kann. Die Frau, die, wie sie mittlerweile weiß, vierundsiebzig Jahre alt ist, kann mit den Begriffen *Online-Beratung* und *Live-Chat* nichts anfangen, aber der Vater offensichtlich schon. Er ist erschüttert, als er seiner Frau erklärt, was er soeben erfahren hat.

»Die Kommissarin sagt, dass Irma mit einer Psychotherapeutin geschrieben hat – so wie auf

WhatsApp – und dass Irma dieser Therapeutin erzählt hat, dass sie zu Hause schlecht behandelt wurde.«
»Das hat sie gesagt?«, hakt Kreske Buttig nach.
»Ja«, übernimmt nun wieder Hilla. »Und noch viel mehr. Haben Sie Ihre Lesebrillen dabei? Ja? Gut, dann lesen wir gemeinsam mal den markierten Absatz hier – das ist der Auszug aus einem Online-Chat mit Dr. Beerensen von vor vier Wochen.

Dr. Hanna Beerensen: Moin Irma, wie geht es Ihnen?
Irma: Nicht gut. Meine Hände zittern, ich kann kaum tippen.
Dr. Hanna Beerensen: Oh, Irma, es tut mir leid, das zu lesen. Ist wieder etwas passiert?
Irma: Ja . . . gestern Abend. Ich hasse es, wenn er betrunken heimkommt, er ist dann immer so widerlich, aber gestern . . .
Dr. Hanna Beerensen: Lassen Sie sich Zeit, Irma. Ich weiß, es ist nicht immer einfach, die richtigen Worte zu finden. Aber ich bin da und Sie können mir alles sagen.
Irma: Das weiß ich, danke. Ich bin noch so durcheinander. Torsten kam gegen Mitternacht, hat die Tür zugeschlagen, und ich wusste sofort, dass es schlimm wird. Ich hab so 'ne Angst gehabt, ich bin immer noch ganz fertig.
Dr. Hanna Beerensen: Das klingt wirklich schlimm, Irma. Können Sie mir erzählen, was passiert ist? Ich bin hier und hör Ihnen zu.
Irma: Er war laut, er hat in der Küche rumgepoltert, Flaschen sind umgefallen. Dann hat er nach mir gebrüllt, ich soll aufstehen und ihm was zu essen machen. Ich hab so getan, als würde ich schlafen, aber er kam ins Schlafzimmer, hat die Decke weggerissen und mich angeschrien, warum ich so faul bin. Ich bin aufgestanden, weil ich wusste, dass er sonst noch wütender wird. Hab ihm Brot und Wurst hingestellt, aber dann . . . er hat gesagt, ich soll mich ausziehen. Einfach so, in der Küche.

Dr. Hanna Beerensen: Oh, Irma, das ist schrecklich. Wie haben Sie reagiert?

Irma: Ich hab NEIN gesagt, ich hab's versucht. Er hat mich eine wertlose Schlampe genannt, gesagt, wenn ich nicht tue, was er will, schlägt er mir die Zähne aus. Er hat mich schon früher geschlagen, aber nur so, dass es blaue Flecken gab, nicht so brutal . . . ich hatte echt Angst, hab nur gezittert. Und dann . . . dann hab ich's gemacht. Ich hab mich ausgezogen, weil ich Panik hatte. Er hat mich dann angeglotzt und mich beschimpft.

Dr. Hanna Beerensen: Irma, das ist absolut schrecklich, und ich bin sehr froh, dass Sie mir schreiben. Was Torsten getan hat, ist psychische und sexuelle Gewalt.

Irma: Ich dachte, er würde, ich dachte wirklich, er . . . aber er war wohl zu betrunken. Nach dem Essen zerrte er mich ins Schlafzimmer, aber dann schlief er dort ein, bevor . . . na, Sie wissen schon.

Dr. Hanna Beerensen: Irma, das tut mir so leid für Sie. Denken Sie nicht, es wäre an der Zeit, ihn anzuzeigen? Sie wissen, Sie können dabei auf mich zählen. Ich würde Sie dabei beratend unterstützen. Natürlich kann ich im Rahmen der Online-Beratung leider nicht vor Ort helfen, wie zum Beispiel die Polizei oder eine Frauenschutzeinrichtung. Es wäre für Sie von Vorteil, wenn Sie konkrete Hilfe vor Ort in Anspruch nehmen. Wo sind Sie denn zu Hause?

Irma: Das will ich lieber nicht sagen, mir ist meine Anonymität wichtig. Außerdem würde mir eine Anzeige nichts bringen, mir glaubt doch ohnehin keiner. Mein Mann streitet alles ab und ich steh wie eine Idiotin da. Am Ende sagen noch alle, ich hätte nicht alle Tassen im Schrank. Und ich würde sterben vor Angst, was er mir dann antun würde.

Dr. Hanna Beerensen: Wie fühlen Sie sich, während Sie das schreiben?

Irma: Schrecklich. Ich fühle mich so ohnmächtig und ich schäme mich. Ich verabscheue ihn. Ich will mich nicht zu ihm ins Bett legen, aber ich muss . .

. jede Nacht. Ich weiß einfach nicht, was ich tun soll . . . ich bin ganz allein . . .

Was empfinden Sie, wenn Sie das lesen?«, fragt Hilla und blickt zwischen Bengt und Kreske Buttig hin und her, die beide, beim Vor- und Mitlesen der Lektüre, sehr blass und still geworden sind.

Kreske presst ihre Lippen aufeinander, die nun schmal wie ein Strich sind. Sie dreht sogar den Kopf weg, als Hilla sie mit ihrem Blick fixieren will.

Der Vater seufzt tief.

»Mein Junge ist kein Engel, wenn er getrunken hat.«

»Kein Engel?«, wiederholt Hilla und durchbohrt ihn mit ihrem Blick.

Der alte Mann starrt nun regungslos auf die Tischplatte vor ihm, doch bei ihm wirkt es eher beschämt als verweigernd.

»Wer sagt denn, dass das alles wahr ist?«, platzt die Mutter nun heraus. »Das hätte sich Irma doch auch alles ausdenken können.«

Hilla zieht überrascht ihre Augenbrauen hoch.

»Warum hätte sie das tun sollen?«

»Woher soll ich wissen, was in ihrem Kopf vorging?«, beginnt Kreske, doch ihr Mann legt ihr seine Hand auf den Unterarm.

»Lass gut sein, Kreske«, flüstert er und seine Stimme klingt rau.

»Also geben Sie zu, dass es Probleme in der Ehe Ihres Sohnes gab?«, hakt Hilla nach.

Doch Bengt Buttig wirkt nun, als ob er seine Worte bereut und schüttelt nur noch schweigsam den Kopf, während seine Frau neuerlich ihre Lippen zu einem schmalen Strich zusammenpresst.

Hilla nimmt nun gezielt den Vater ins Visier, da

jener ihr zugänglicher erscheint

»Was denken Sie, Herr Buttig, waren das alles nur Hirngespinste, oder wird die Autopsie, die gerade stattfindet, länger zurückliegende Verletzungen entdecken? Hämatome zum Beispiel oder kleine Einschnitte, die Irma vor Tagen oder Wochen beigebracht wurden?«

Der alte Mann, der sich nun sichtlich unwohl fühlt, räuspert sich.

»Ich weiß nicht mehr, was ich glauben soll...«

»Also in diesem Fall sollten wir uns vielleicht ansehen, was Irma nur eine Woche vor ihrer Ermordung an die Therapeutin geschrieben hat«, erklärt Hilla und schiebt ein weiteres Blatt Papier über den Tisch. »Hören Sie zu und lesen Sie mit. Es ist jetzt nämlich höchst an der Zeit, dass Sie aufhören, über alles hinwegzusehen.

```
Dr. Hanna Beerensen: Moin Irma, wie geht es Ihnen
heute?
Irma: Nicht gut. Torsten war letzte Nacht wieder
betrunken, und es war schlimmer als je zuvor. Er
hat . . . er hat was Neues gemacht, um mich
einzuschüchtern. Ich bin so fertig, ich weiß nicht
mehr weiter . . .
Dr. Hanna Beerensen: Oh, Irma, das hört sich sehr
schlimm an und ich spüre, wie viel Angst Sie haben.
Möchten Sie mir erzählen, was er getan hat? Nur so
viel, wie Sie mögen, und in Ihrem Tempo.
Irma: Er kam heim, gegen neun, hat die Tür
zugeknallt, und ich hab sofort gewusst, dass er
getrunken hat. Er war laut, hat in der Küche
rumgeschrien, dass ich 'ne nutzlose Schlampe bin,
weil das Essen bereits kalt war. Ich hab versucht,
ruhig zu bleiben, hab ihm was aufgewärmt, aber dann
. . . dann hat er wieder verlangt, dass ich mich
ausziehe und ihm das Essen nackt serviere . . .
aber diesmal hab ich NEIN gesagt. Ich hab NEIN
```

gesagt, obwohl ich gezittert hab.

Dr. Hanna Beerensen: Das ist gut. Sie haben sich behauptet, das ist ein wichtiger Schritt.

Irma: Nein, ist es nicht. Ich habe alles nur noch schlimmer gemacht. Er hat mich nur noch ordinärer beschimpft und gedemütigt und dann hat er das Messer genommen, das große Küchenmesser, und ist damit auf mich zugekommen. Er hat's mir an die Kehle gehalten und gesagt, ich soll gefälligst machen, was er sagt. Ich hab die Klinge gespürt, kalt und scharf. Ich hab so gezittert, konnte kaum stehen, aber ich hab mich ausgezogen und ihm sein verdammtes Essen nackt serviert. Aber dann verlangte er, dass ich mich zu ihm setze . . . so nackt wie ich war. Damit er an mir rumgrapschen konnte . . . damit ich als seine Frau zumindest irgendeinen Sinn hätte . . . aber damit war es nicht vorbei. Nach dem Essen hat er mich ins Schlafzimmer genötigt, um, nun ja, Sie wissen, was ich meine. Diesmal hat er es wirklich getan.

Dr. Hanna Beerensen: Oh Irma, das ist unvorstellbar grausam, und ich bin entsetzt, das zu lesen. Es ist mutig von Ihnen, dass Sie mir schreiben, trotz all des Schmerzes und der Angst. Was Torsten getan hat, ist sexuelle Gewalt, eine klare Eskalation seiner Drohungen. Können Sie mir schreiben, wie Sie sich jetzt fühlen?

Irma: Ich fühl mich wie ein Geist. Als wäre ich nicht mehr ich. Ich hab Ekel, wenn ich an ihn denke, an sein Gesicht, seine Hände, überhaupt alles, was körperlich ist an ihm . . . und dann das Messer. Er hat es neben mich gelegt, als er mich zwang, mit ihm zu schlafen . . . direkt neben meinem Kopf. Er hat gesagt, ich gehör ihm, und wenn ich das nicht kapier, wird es nur schlimmer für mich. Ich hab einfach nur dagelegen, geweint und gewartet, bis es vorbei war. Danach ist er eingeschlafen, und ich bin ins Bad gelaufen, hab geduscht, bis das Wasser kalt war, aber ich fühl mich immer noch so dreckig.

Dr. Hanna Beerensen: Das ist verständlich, Irma,

aber so dürfen Sie nicht denken. Sie sind nicht die, die sich schämen sollte. Ich wünschte wirklich, ich könnte mehr für Sie tun.

Irma: Es ist beruhigend für mich, dass Sie da sind. Dass ich jemandem alles sagen kann, ohne dass es Konsequenzen hat. Denn ich kann ihn nicht anzeigen . . . und ich kann ihn auch nicht verlassen. Allein der Gedanke macht mir Panik. Er hat gesagt, wenn ich geh, findet er mich und bringt mich dann um. Ich glaube, er meint das ernst. Er ist so wütend, wenn er trinkt, und jetzt mit dem Messer . . . ich denke, er macht's wirklich.«

Kreske Buttig presst sich vor Verzweiflung beide Hände an die Ohren.

»Aufhören! Hören Sie auf! Ich glaube Ihnen kein Wort. Das hat sie alles nur erfunden. Diese Frau war von Anfang an keine gute Wahl. Torsten hätte sie nicht heiraten sollen, aber der Junge hat sich nicht an meinen Rat gehalten. Sie ist es doch gewesen, die sein ganzes Leben versaut hat! Nicht ein einziges Kind hat sie ihm geschenkt. Haben Sie überhaupt eine Ahnung, wie das ist, wenn man ein Leben lang einen Jungen großzieht und dann keine Enkelkinder bekommt? Und was soll aus unserer Tischlerei werden – ohne Nachkommen?«

Hilla lächelt zufrieden. Dieser Ausbruch war ehrlich und vermittelt ihr einen direkten Einblick in die Seele der Mutter, die, wie es scheint, deutliche schwarze Flecken aufweist.

»Ihre Schwiegertochter schrieb mit der Therapeutin auch über sie beide«, fährt sie nun fort. »Hier, sehen Sie mal.«

Wieder schiebt sie einen Computerausdruck über den Tisch und liest ihn laut vor.

»Dr. Hanna Beerensen: Haben Sie keine Familie oder Freunde, die für Sie da sind?

Irma: Nein, ich habe niemanden. Meine Eltern starben schon vor Jahren und Geschwister habe ich nicht. Zu heiraten war ein Fehler. Dadurch bin ich weggezogen von dort, wo ich früher gewohnt habe, und seither hab ich auch mit meinen ehemaligen Freundinnen keinen Kontakt mehr. Es gibt hier nur mich, Torsten und seine Eltern, die gegenüber wohnen. Aber die sind keine Unterstützung für mich. Manchmal denke ich, sie hassen mich.
   Dr. Hanna Beerensen: Warum denken Sie das?
   Irma: Weil ich keine Kinder bekommen kann. Das nehmen sie mir übel und ich denke, Torsten auch. Er hat die Tischlerei von seinem Vater übernommen und wollte sie immer an seinen Sohn weitergeben, aber es klappt einfach nicht.
   Dr. Hanna Beerensen: Wie lange haben Sie es denn versucht?
   Irma: Wir haben vor 21 Jahren geheiratet und seit damals eben. Vielleicht wäre alles anders gekommen, wenn wir Kinder hätten. Vielleicht wäre ich dann auch nicht so allein.«

Irmas Einschätzung deckt sich doch ziemlich gut mit dem, was Sie gerade gesagt haben, Frau Buttig«, fasst Hilla anschließend zusammen. »Wollen Sie uns immer noch glauben machen, dass Ihre Schwiegertochter die Anschuldigungen gegen Ihren Sohn erfunden hat?«

Während die alte Frau wieder mit zusammengepressten Lippen den Kopf abwendet, sackt der Vater völlig in sich zusammen.

»Das ist ein Albtraum, ein einziger Albtraum«, flüstert er so leise, dass Hilla Mühe hat, ihn zu verstehen. »Torsten trank zu viel, das ist wahr. Aber nur an den Wochenenden. Da ließ er sich immer volllaufen. Ich weiß nicht, warum er das gemacht hat. Unter der Woche hat er wirklich viel gearbeitet. Mit seiner Hände Arbeit hat er uns alle erhalten – ich selbst bin doch schon alt, ich hab bloß noch mitgeholfen und auch die Buchhaltung gemacht . . .«

»Dennoch hat Ihr Sohn offenbar auch eine dunkle Seite«, stellt Hilla klar. »Die Beweise, die wir gegen ihn haben, sind erdrückend. Torsten versuchte, die blutige Kleidung, die er trug, als er Irma tötete, vor uns zu verstecken – wir fanden sie vergraben im Garten. Allein das zeigt, wie kühl und berechnend er vorging.«

»Das macht es schlimmer?«, fragt Kreske plötzlich und in ihren Augen spiegelt sich das blanke Entsetzen.

»Was?«, fragt Hilla irritiert.

»Dass er die blutigen Sachen im Garten versteckte, das macht es schlimmer für ihn?«, wiederholt die alte Frau und ihre Stimme ist nur noch ein Hauchen.

»Klar macht es das schlimmer, denn es zeigt uns, dass er mit kühlem Kopf an die Sache ran ging und seine Frau nicht einfach bloß im Affekt erstach. Wenn er es geplant hat, dann ist es Vorsatz – und das wird noch mal strenger bestraft.«

Kreske sieht nun so blass aus, als ob sie einen Geist gesehen hätte. Und während Hilla sich noch wundert, was plötzlich mit ihr los ist, platzt sie mit einem Geständnis heraus.

»Ich wars.«

»Was?« Damit hatte Hilla nicht gerechnet. Und auch Buttigs Vater nicht, zumindest dem geschockten Ausdruck in seinem Gesicht nach zu urteilen.

»Sie haben Irma erstochen?«, hakt sie noch einmal nach.

Kreske schlägt nun beide Hände vors Gesicht und schluchzt laut auf.

»Nein, ich habe Torstens blutige Kleidung im Garten vergraben.«

24

Nach dieser Eröffnung wird eine weitere Pause benötigt. Denn die alte Frau, die soeben zugegeben hat, Beweise manipuliert zu haben, erleidet nach diesem Geständnis einen Weinkrampf.

Hilla nimmt dies zum Anlass, Ebba neuerlich das Feld zu überlassen und sich einen weiteren Automatenkaffee in Kombination mit einer Zigarette an der frischen Luft zu gönnen.

Was ist nur mit diesen Leuten los? Ist es die Isolation am Rande einer Insel und das damit verbundene fehlende soziale Feedback anderer Menschen? Kann man durch lang anhaltende Abschottung verlernen, was gut und was böse ist?

Allein, sie will es nicht glauben. Die verbitterte alte Mutter wusste sehr wohl, dass es falsch war, was sie tat. Auch sind die Tränen nach dem Geständnis bloß dem Selbstmitleid geschuldet, denn natürlich wird dieses Handeln Konsequenzen haben. Oh Mann, was ist das bloß für eine Familie . . .?

»Wie läuft's?«

Hilla blickt auf und direkt in Brarens Gesicht. Mit vor Neugier funkelnden Augen schiebt er eine Zigarette unter seinen Schnauzer.

»Ich frage bloß, weil ich überzeugt bin, dass Ihre

Anwesenheit hier bahnbrechende neue Informationen zutage fördert.«

Hilla unterdrückt den Impuls, ihm ihre brennende Kippe ins Gesicht zu schnippen.

»Dass wir Buttigs blutige Kleidung im Garten vergraben gefunden haben, wissen Sie schon?«, bleibt sie dennoch sachlich.

»Ja, die hätten wir früher oder später auch gefunden.«

»Sicher. Und Kreske Buttig hat soeben gestanden, dass sie die Sachen vergraben hat.«

»Sieh einer an.« Er zieht an der Zigarette und schließt ein Auge, als ihm der Rauch hineinweht. »Das hätten wir früher oder später . . .«

»Klar«, unterbricht Hilla und dämpft ihre Kippe vorschriftsmäßig im extra dafür vorgesehenen metallenen Aschenbecher aus. Niemand kann ihr jedoch verbieten, sich vorzustellen, dass es sich dabei um Brarens speckige Wange handelt.

Als sie in den Vernehmungsraum zurückkehrt, hat Ebba bereits ganze Arbeit geleistet. Die Luft ist nicht mehr ganz so stickig und die beiden Alten hocken ruhig auf ihren Stühlen – jeder ein frisch gefülltes Wasserglas und einen halb vollen Becher Kaffee vor sich. Hilla wirft ihrer jungen Kollegin einen anerkennenden Blick zu, bevor sie sich wieder an den Tisch setzt. Mögen ihre Theorien auch manchmal wirr sein, ihr Gespür für Menschen ist bewundernswert.

»Gehen wir es nun im Detail durch«, sagt Hilla und sieht die verbitterte alte Frau direkt an. »Erzählen Sie mir, wie es dazu kam, dass Sie die Sachen vergruben.«

»Muss ich das?« Kreske blickt Ebba fragend an, zu der sie offenbar Vertrauen gefasst hat.

»Wenn Sie wieder heimgehen wollen, dann schon«, erwidert Hilla, die sich dennoch angesprochen fühlt. »Beweise in einer Mordermittlung zu unterdrücken oder zu manipulieren ist eine Straftat, und wenn Sie kein volles Geständnis ablegen, müssen wir davon ausgehen, dass Sie mehr in dieses Verbrechen involviert waren, als Sie zugeben. In diesem Fall würde ich mich gezwungen sehen, Sie als Mittäterin festzunehmen.«

»Aber das . . . ich meine, ich habe doch nicht . . .«, beginnt die alte Frau hilflos zu stottern.

»Ganz ruhig«, sagt Hilla. »Erklären Sie mir einfach ganz genau, wie dieser Abend verlaufen ist.«

Kreske schnäuzt sich erstmal ausgiebig in ihr nasses Taschentuch, bevor sie zu erzählen beginnt.

»Wir haben schon geschlafen, als Torsten bei uns klopfte.«

»Wie spät war es da?«

»Halb zwölf. Torsten hämmerte so heftig gegen die Tür, dass ich sofort wusste, dass etwas passiert ist. Er war auch ganz bleich und seine Augen waren irgendwie starr. Ich sah ihm an, dass etwas nicht stimmte.

Er sagte, *Irma ist tot*.

Ich fragte, wo, und er sagte, im Schlafzimmer. Also lief ich los, so schnell mich eben in meinem Alter meine Beine noch tragen können. Kaum war ich die Treppe hoch, roch ich es schon. Mein Vater war Metzger, ich bin mit dem Geruch von frischem Blut aufgewachsen . . . sie lag da . . . in ihrer Blutlache mitten im Bett. Mein Vater hatte immer einen Spritzschutz verwendet, wenn er eine Sau abstach, aber Torsten wohl eher nicht. Er hatte nie Gefallen an Blut gefunden, müssen Sie wissen. Schon als kleiner Junge hatte er den Beruf meines Vaters verabscheut . . .«

»Worauf wollen Sie hinaus?«, hakt Hilla nach, die den Eindruck hat, dass die alte Frau sich in Kindheits-Erinnerungen verliert, die nichts mit dem Fall zu tun haben.

»Dass Torsten, als er bei uns auftauchte, kein Blut an der Kleidung hatte. Aber als ich Irma in dem Bett sah . . . da war viel Blut . . . also guckte ich auf dem Boden nach, in den Kästen, dann auch im Wohnzimmer, überall. Ich dachte mir schon, dass er sich hinterher umgezogen hat. Schließlich fand ich die blutige Kleidung und die Schuhe im Haushaltsraum, abgelegt im Schmutzwäschekorb neben der Waschmaschine – als ob damit alles erledigt sei. Das ist eben mein Junge, sein Leben lang hab ich seine Wäsche gewaschen, bis er geheiratet hat – und von da an hat es Irma gemacht. Ich wusste, die Polizei würde die Sachen im Wäschekorb finden, deshalb nahm ich sie mit, um sie in die Tonne vorm Haus zu werfen. Aber dann dachte ich, dass die Polizei dort auch nachgucken würde. Also vergrub ich sie im Garten.«

»Was haben Ihr Sohn und Ihr Mann währenddessen gemacht?«, fragt Hilla nach.

»Nichts. Die standen bloß kopflos auf der Straße rum.«

Kein Wunder, denkt Hilla. Nicht jeder, der eine abgeschlachtete Frau entdeckt, beschäftigt sich mit dem Gedanken, wie man den Täter entlastet. Und wie kommt es, dass diese Frau keinerlei Mitgefühl für das Opfer aufbringt? Die eigene Schwiegertochter, die für sie gekocht und ihr im Haushalt geholfen hat?

»Ich sagte dann zu Torsten, du musst die Polizei anrufen. Und dann warteten wir . . .«

Hilla nickt ein wenig geplättet und wendet sich dem

alten Mann zu, der wie ein Häufchen Elend auf seinem Stuhl kauert.

»Haben Sie noch etwas zu ergänzen?«

Erst schüttelt er den Kopf, doch dann räuspert er sich.

»Tief in seinem Inneren ist mein Sohn ein guter Kerl, daran muss ich einfach glauben, sonst...«

Enttäuscht wendet sich Hilla wieder von ihm ab und seiner gefühlskalten Frau zu.

»Ich denke, wir sollten Sie hierbehalten, bis ihr Sohn gestanden hat.«

Daraufhin bricht Kreske in neuerliches Schluchzen aus, das in ein lautes Geheul übergeht.

Während Hilla über diese aufgesetzte Theatralik innerlich den Kopf schüttelt, springt Ebba plötzlich hoch, zieht ihr Handy aus der Tasche und telefoniert nach einem Notarzt.

Hilla verfolgt nun fassungslos, wie die junge Kriminologin die Worte *Herzinfarkt* und *Polizeistation Wyk* in ihr Smartphone blafft. Erst als sie das Gerät wieder weglegt und vor Bengt Buttig in die Knie geht, fällt Hilla auf, dass der alte Mann völlig verkrampft in seinem Stuhl hängt, wobei er seine Hände mit aller Kraft an die Brust presst. Sein Atem geht stoßweise und seine Augen rollen nach oben weg.

»Wir müssen ihn in die stabile Seitenlage bringen«, sagt Ebba, und Hilla, die nun in die Gänge kommt, fasst mit an. Gemeinsam legen sie ihn sanft auf den Boden.

»So ist es gut«, sagt Ebba in beruhigendem Singsang zu dem Mann, der sie vermutlich nicht mehr hören kann. Sie wirft Hilla einen ernsten Blick zu.

»Du musst den Defi holen, ich bleibe bei ihm.«

25

Barne staunt nicht schlecht, als er beim gemeinsamen Mittagessen in der *Hafenschenke* am Wyker Hafen erfährt, was sich eben auf der Polizeistation zugetragen hat. Er hat vorsorglich einen Tisch im Außenbereich reserviert, wo sie nun zu dritt unter einem großen Sonnenschirm speisen. Ebba kann sich an der Wahnsinnsaussicht auf den pittoresken Hafen kaum sattsehen.

Alles auf dieser Insel ist idyllisch, speziell im Sonnenschein, ganz so, als ob niemand hier ein Wässerchen trüben könnte. Doch je länger sie hier sind, desto mehr dunkle Flecken bekommt die Postkartenfassade.

»Wie – Buttigs Vater ist einfach umgekippt?«, fragt Barne überrascht.

»Ja, einfach so«, sagt Hilla, während sie vorsichtig ihren gegrillten Zander zerlegt. »Ich muss zugeben, ich war voll auf die alte Kreske fokussiert, deren Seele im Übrigen so schwarz ist wie die Nacht. Wäre Ebba nicht gewesen, hätten sie Buttigs Vater im Sarg raustragen können.«

»Oh Mann«, stöhnt Barne und richtet sich seine John-Lennon-Brille. »Das ist ja 'n Ding. Wird er sich wieder erholen?«

»Das müssen wir abwarten, aber der Notarzt meinte, es war Rettung in letzter Sekunde.«

Hilla runzelt nun ihre Brauen und blickt die Kriminologin wohlwollend an. Doch dann legt sie ihre Stirn in Falten.

»Wie hast du das bloß so schnell mitbekommen?«

Ebba hebt die Schultern und dreht ihre Handflächen nach oben. Sie kennt ihre Chefin nun lange genug, um sich ihren Gesichtsausdruck lebhaft vorstellen zu können, wenn sie ihr erklärt, dass sie solche Dinge spüren kann. Dass sich die Aura eines Menschen krass verändert, wenn er um sein Leben kämpft. Was für sie wie eine alarmierende Flamme im Raum sichtbar ist, bleibt für Hilla unsichtbar.

»Das war reines Glück«, sagt sie deshalb leichthin. »Ich guckte grade zu ihm hin, als er sich krümmte.«

»Aber woher wusstest du, dass es sich um einen Herzinfarkt handelte?«

»Weil sich jeder Mensch ganz instinktiv dahin fasst, wo es weh tut. Das war in seinem Fall das Herz.«

Hilla schüttelt anerkennend den Kopf.

»Du hast wirklich verborgene Qualitäten, Mädchen. Ich muss zugeben, heute warst du großartig.«

Obwohl Ebba der Meinung ist, bloß einen Anruf getätigt zu haben, freut sie sich über das Kompliment. Man muss nehmen, was man kriegt, denkt sie schmunzelnd.

»Vielleicht kannst du mir auch einen Tipp für Buttigs neuerliche Vernehmung geben, die nach dem Mittagessen ansteht?«, knüpft Hilla an. »Fällt dir ein Trick ein, mit dem wir ihn zu einem Geständnis bringen?«

Ebba verschluckt sich beinahe an ihrem Hamburger.

»Du denkst immer noch, dass Buttig der Täter ist?«, japst sie hustend.

Hilla strafft ihre Schultern. »Jeder denkt das – sogar seine Mutter. Sonst hätte sie nicht die belastenden Beweise verschwinden lassen wollen.«

»Ich denke das nicht«, gibt Ebba offen zu. »Was ist mit dir, Barne?«

Doch zu ihrer Enttäuschung versucht sich ihr Lieblingskollege um diese Frage herumzudrücken. »Tja, also ich weiß nicht . . . es gibt viele Aspekte, die hier zu beachten sind . . .«

»Barne?«, hakt Ebba nach, doch seine Antwort wird nicht konkreter. Letztlich bleibt sie ihm erspart, weil sein Handy zu klingeln beginnt.

»Das ist Max«, sagt er erleichtert und geht ran.

»Die Autopsie hat aber ganz schön lange gedauert«, begrüßt er seinen Kollegen und hängt noch eine süffisante Frage dran. »Lag das an dir oder an Frau Dr. Meinhard?«

Max lacht so laut ins Telefon, dass es alle hören können.

»An mir natürlich«, kommt es hochtrabend zurück, »du musst wissen, in der Profiliga läuft nichts unter zwei Stunden.«

Barne kichert und stellt den Lautsprecher seines Handys an.

»Wir sind gerade einen Happen essen, und es können alle mithören.«

»Wunderbar. Dann komm ich mal zur Sache: Die Untersuchung hat ergeben, dass Irma Buttig durch Verbluten gestorben ist. Ihre Baucharterie wurde mit einem gezielten Stich oder vielmehr Schnitt durchtrennt.«

»Also was nun?«, hakt Hilla nach. »Stich oder Schnitt?«

»Beides sozusagen. Die Klinge wurde gerade hineingetrieben – also Stich – und dann im Bauch, also unter der Haut, bewegt, sodass sie die Baucharterie durchschnitt. Während alle anderen Stiche eher zufällig wirken, war Eva, ich meine natürlich Dr. Meinhard, der Meinung, dass diese Verletzung gezielt war. Sie hat eine Zeitleiste für die vielen Verletzungen erstellt, die Irmas Leiche aufweist. Manche davon, nämlich die Hämatome, sind bis zu vier Wochen alt, andere, wie die vielen brutalen Einstiche, die sich hauptsächlich auf ihre Leibesmitte konzentrierten, sind sogar post mortem. Die kleinen geschwungenen Schnitte hingegen, die man an vielen Stellen findet, wurden ihr vor dem Tod zugefügt. Sie dienten vermutlich dazu, sie gefügig zu machen. Besonders grausam ist, dass sie auch im Intimbereich geschnitten und anschließend vergewaltigt wurde.«

»Ach nee.« Hilla, die bis eben noch ihren Iced Coffee durch einen Strohhalm saugte, verzieht mitfühlend das Gesicht. »Konnte Sperma sichergestellt werden?«

»Nein, es wurde ein Kondom verwendet.«

»Ein Kondom? Buttig nahm ein Kondom, um seine Frau zu vergewaltigen?«, hakt sie verblüfft nach.

»Sieht so aus. Der Test auf Spermizid, wie es auf Kondomoberflächen verwendet wird, war eindeutig positiv.«

»Das ist schräg«, findet auch Barne.

»Buttig könnte klüger sein, als wir denken«, fasst Hilla zusammen, nachdem Barne das Telefonat mit Max beendet hat. »Er legt es offenbar darauf an,

Zweifel zu streuen. Der Tatort, der nicht mehr gegen ihn verwendet werden kann, weil seine Mutter der Manipulation überführt wurde. Das Kondom beim Geschlechtsakt, wo doch bekannt war, dass er nach wie vor versuchte, ein Kind zu zeugen, dann die zahlreichen Stiche nach ihrem Tod, als ob er in einen Wahn verfallen wäre.«

»Läuft das auf mangelnde Zurechnungsfähigkeit hinaus?«, überlegt Barne.

»Da kommen schon einige Ungereimtheiten zusammen. Ich hoffe, Buttig wird sie bei seiner Vernehmung aufklären«, erwidert Hilla nachdenklich und lächelt Ebba auffordernd zu.

»Ist dir schon ein psychologischer Kniff eingefallen, um ihn zu einem Geständnis zu bringen?«, wiederholt sie ihr Anliegen von vorhin.

Ebba windet sich ein wenig und holt tief Luft.

»Dafür bin ich die Falsche«, sagt sie dann ehrlich. »Mir geht es darum, die Wahrheit herauszufinden. Denn der Mörder von Irma hat das nicht zum ersten Mal getan – was das betrifft, bin ich mir sicher.«

Hilla legt den Kopf schief und trippelt mit den Fingern auf den Tisch.

»Jetzt übertreibst du aber. Torsten Buttig ist doch kein Serienkiller.«

Ebba trinkt ihre eisgekühlte Cola aus. Dann bietet sie ihrer Chefin die Stirn.

»Ich spreche auch nicht von Buttig.«

Nun schüttelt Hilla abwehrend den Kopf.

»Mensch Blümchen, nicht das schon wieder. Sieh es doch endlich ein, es spricht einfach zu viel gegen ihn.«

26

»Warum gestehen Sie denn nicht endlich?«, fragt Hilla und blickt Buttig direkt in die Augen. »Es würde Ihnen so viel Last von Ihren Schultern nehmen. Dazu kommt, dass ein Geständnis nicht nur eine befreiende Wirkung für die Seele hat, sondern auch Ihre Strafe mindert. Das kann schon ein paar Jahre Unterschied machen.«

Es riecht nach Schweiß und abgestandenem Kaffee, und die Lüftung, die an Effizienz zu wünschen übrig lässt, nervt mit ihrem unrhythmischen Surren.

Torsten Buttig, dessen Haut im künstlichen Licht des Vernehmungsraums ziemlich grau wirkt, ballt die Fäuste. In seinen Augen sind kleine Äderchen geplatzt, sodass das Weiße in seinen Augen nahezu vollständig rot ist. Er erinnert Ebba, die ihn genau beobachtet, an einen Horrorclown. Sie bemerkt auch, wie wütend er seine Kiefer aufeinanderpresst. Wär er ein Hund, würde er jetzt seine Zähne fletschen, und tatsächlich hat sie den Eindruck, dass er seine Oberlippe ein wenig anhebt.

Es geht eine Menge Aggression von ihm aus und Ebba ist erleichtert, dass seine Handgelenke in Handschellen stecken. Er ist knapp vorm Explodieren und Hilla tut nichts, um ihn runterzubringen. Vermutlich denkt sie, dass sie freundlich ist, mit ihren

Hinweisen, welche Vorteile ein Geständnis bringt, doch ein Unschuldiger will das nicht hören.

»Wir haben Ihre blutige Kleidung gefunden«, setzt Hilla fort. »Ihre Mutter fand sie in der Schmutzwäsche und vergrub sie im Garten. Wissen Sie eigentlich, was das bedeutet?«

Nachdem Buttig nicht antwortet, führt sie es selbst weiter aus.

»Das bedeutet, dass sogar Ihre Mutter davon überzeugt ist, dass Sie Ihre Frau umgebracht haben.«

»Ahhhhhhhhhh!« Der Mann lässt einen Schrei los, der Ebba durch Mark und Bein fährt, um seine Anspannung irgendwie abzubauen. Er schreit lange, anhaltend und in einer immensen Lautstärke, bis er anschließend sichtlich erschöpft in sich zusammensinkt.

Hilla schiebt ihm nun die Ausdrucke zu, die sie vorhin auch den Eltern zeigte. Es handelt sich dabei um die Online-Korrespondenz zwischen Irma und der Therapeutin.

Ebba beugt sich gespannt vor. Wie Buttig darauf reagiert, interessiert sie am meisten.

Doch er weigert sich, die Blätter auch nur anzusehen.

»Was ist das?«

»Ihre Frau hatte sich Unterstützung gesucht. Sie hatte Kontakt zu einer Psychotherapeutin.«

»Unsinn.«

»Nein, das ist wahr. Seit vier Monaten schrieb sie alles auf, was sie zu Hause erleiden musste. Sämtliche Qualen, die Sie ihr zufügten, sind hier notiert.«

»Das ist doch Schwachsinn«, wehrt Buttig ab.

»Sie haben Ihre Frau gezwungen, Ihnen nackt das Essen zu servieren«, sagt Hilla und augenblicklich verändert sich der Gesichtsausdruck des Mannes. Panik glitzert in seinen Augen.

»Das hat sie geschrieben?«

»Ganz genau. Wir wissen, dass Sie Irma gezwungen haben, das Essen nackt zu servieren und auch nackt danebenzusitzen, als Sie es aßen.«

Buttig lässt nun seinen Kopf sinken und starrt auf die Tischplatte vor sich.

»Das war nicht richtig, aber ich war betrunken, als es geschah. Ich hab mich am nächsten Tag bei ihr entschuldigt. Hat sie das auch geschrieben?«

Hilla kräuselt die Nase. »Auf jeden Fall hat sie geschrieben, dass Sie ihr ein Messer an die Kehle gehalten und sie mit dem Umbringen bedroht haben.«

»So 'ne Scheiße!«

Er fährt sich nun mit allen zehn Fingern durch die Haare.

»Das hab ich doch nicht ernst gemeint. Ich wollte bloß, dass sie nett zu mir ist, ich hätte ihr nie etwas angetan.«

»Der Körper Ihrer Frau erzählt uns etwas anderes. Sie hatte etliche Hämatome, alte und frische. Und sie hat mit der Therapeutin auch darüber gesprochen.«

»Das . . . das tut mir ja auch leid . . . ich wollte das nicht, aber wenn ich betrunken bin . . .«

»Warum trinken Sie dann?«, hakt Hilla weiter nach, froh, dass der Verdächtige endlich mit ihr spricht.

»Warum wohl? Um meine Sorgen runterzuspülen. Sie haben keine Ahnung, wie das ist, mit einer Frau zu leben, die nicht schwanger werden kann. Da fragt man sich doch, wozu man überhaupt jeden Tag aufsteht. Wozu ist die Tischlerei gut, wenn ich doch keine Kinder habe, denen ich sie überlassen kann?«

»Deshalb haben Sie Ihre Frau geschlagen und zum Sex gezwungen?«

»So wie Sie das sagen, klingt das grauenhaft. Irma hat sich immer mehr vor mir zurückgezogen, ich wollte einfach ihre Nähe. Ich habe sie geliebt . . .« Seine Schultern beginnen plötzlich zu beben und er beginnt lauthals zu schluchzen.

Als ihn die Lawine des Selbstmitleids überrollt, wendet sich Hilla von ihm ab. Täter, die sich hinterher selbst leidtun, widern sie an. Nun, zumindest hat er die Misshandlungen zugegeben.

Das ist ein wichtiger Schritt. Sie blickt zu Ebba hinüber, die in ihren kurzen schwarzen Jeans neben ihr sitzt und ein Bein über das andere geschlagen hat, was die bis zum Knie geschnürten Sandalen so richtig zur Geltung bringt. Sie ist und bleibt ein Hingucker – die grellgelbe Sonnenbrille im Haar, ihre orangefarbene Handtasche auf ihrem Schoß, ihre hellblauen Augen auf Buttig fixiert.

Hilla wartet geduldig ab, bis das Schluchzen leiser wird.

»Was passierte in dieser einen Stunde, nachdem Sie heimkamen, und bevor Sie zu Ihren Eltern rüberliefen?«, fragt sie dann, wobei sie ihn mit zusammengekniffenen Augen fixiert.

»Nichts, ich weiß es nicht. Als ich heimkam, war Irma nicht in der Küche – und auch nicht im Wohnzimmer. Sie war schon oben im Schlafzimmer. Und ich . . . ich wollte, dass sie mich wieder mag. Ich dachte nach, wie ich das anstellen sollte, was ich sagen sollte, und dabei muss ich auf der Couch eingenickt sein. Als ich wach wurde, wollte ich einfach nur noch ins Bett. Doch als ich raufkam, lag sie da, in all dem

Blut.«

»Hören Sie, Herr Buttig, diese Lüge, die Sie uns hier auftischen wollen, ist geplatzt, als die Spurensicherung Ihre blutige Kleidung fand. Das sind doch Ihre Sachen, oder nicht?«

Hilla packt den durchsichtigen Beutel mit dem blutigen Inhalt auf den Tisch und Buttig starrt ein Stück nach dem anderen an.

Dann stützt er den Kopf in beide Arme und schließt die Augen.

»Ich sage nichts mehr ohne einen Anwalt.«

Im selben Moment vibriert Hillas Handy, das sie für die Vernehmung lautlos gestellt hat. Nach einem Blick aufs Display beugt sie sich zu Ebba.

»Das ist das Krankenhaus«, flüstert sie. »Ich geh mal kurz raus, okay?«

»Okay«, sagt Ebba, die daraufhin mit Torsten Buttig allein zurückbleibt.

Eine Weile sitzt sie dem Verdächtigen schweigend gegenüber. Dann fasst sie sich ein Herz.

»Ich weiß, dass Sie Ihre Frau nicht getötet haben. Aber mir glaubt man auch nicht.«

Buttig hebt den Kopf und blickt sie an.

»Was wird das jetzt? Guter Bulle, böser Bulle?«

»Nein. Ich will bloß denjenigen finden, der Irma tatsächlich getötet hat. Können Sie mir irgendetwas sagen, das mir weiterhilft?«

»Nee . . .«, murmelt er immer noch verblüfft.

»Wo ist Ihre Kamera?«

»Welche Kamera?«

»Die, die Sie auf ein Stativ schraubten.«

»Was? Ich hab keine Kamera zu Hause, bloß in der Tischlerei. Aber die verwende ich auch nur, wenn ich

Einzelstücke zum Verkauf auf die Webseite stelle. Und ein Stativ besitze ich überhaupt nicht.«

»Dachte ich mir«, murmelt Ebba und wechselt das Thema.

»Ist Ihnen jemand aufgefallen, der das Haus beobachtet hat?«

»Nee . . . auch nicht . . .«

»Haben Sie nie – auch nicht für einen Moment – das Gefühl gehabt, dass Sie ausspioniert werden? Dass Ihnen jemand folgt?«

»Nee . . . oder ja, vielleicht doch. Warten Sie, da war schon mal so 'n Typ. So 'n typischer Touri, der sein Motorrad links und rechts mit Taschen bepackt hatte. Aber das ist im Sommer nicht ungewöhnlich, auf Föhr wimmelt es nur so von Touristen.«

»Und dennoch ist er Ihnen aufgefallen. Wie oft haben Sie ihn gesehen?«

»Zwei- oder dreimal. Und dann noch einmal vor der Tischlerei.«

»Können Sie den Mann beschreiben? Wie sah er aus?«

»Tja«, Buttig lacht zynisch auf. »Wie alle anderen Motorradfahrer auch. Er hatte 'nen Helm auf und 'ne Sonnenbrille. Alles, was ich sagen kann, ist, dass er durchschnittlich groß und nicht dick war.«

»Fällt Ihnen sonst noch etwas ein?«

Buttig schüttelt den Kopf.

In diesem Moment kehrt Hilla zurück und bringt einen Schwung frische Luft und eine Menge Energie in den stickigen Raum herein.

»Herr Buttig, ich muss Ihnen mitteilen, dass Ihr Vater einen Herzinfarkt erlitten hat. Er ist jedoch übern Berg. Sie müssen sich um ihn keine Sorgen machen, er wird wieder. Was allerdings Ihre Mutter betrifft – die haben wir mittlerweile festgenommen. Nachdem sie wichtige Beweise verschwinden lassen wollte, müssen wir davon ausgehen, dass sie in irgendeiner Form an dem Mord beteiligt war.«

Torsten Buttig starrt Hilla einen Moment lang ungläubig an, dann spannen sich seine Muskeln erneut an. Brüllend vor Wut schlägt er mit den gefesselten Händen gegen den Tisch, immer und immer wieder, bis er aufgibt und in sich zusammensackt. Von da an ist ihm kein Wort mehr zu entlocken.

27

»Nun, offen gesagt teile ich deine Meinung«, sagt Max zu Hilla, während er auf der Terrasse der Hafenschenke seinen kühlen Riesling genießt. Er ist besonders gut gelaunt aus Niebüll zurückgekehrt und wirkt durch und durch entspannt. »Alle Beweise deuten auf Torsten Buttig. Er war nicht nur – als Einziger – zur Tatzeit vor Ort, er war auch betrunken und aggressiv. Und er hat seine Frau früher schon misshandelt.«

»Sehe ich auch so«, stimmt Barne zu. »Auch wenn ich zwischendurch ein wenig unsicher war. Doch die SpuSi hat mittlerweile die Tatwaffe untersucht und die Fingerabdrücke, die sie darauf feststellten, sind die von Torsten Buttig.«

»Das rundet es schön ab«, freut sich Hilla und prostet ihren Kollegen zu.

»Aber er hat nicht gestanden«, wendet Ebba ein, die beinahe körperlich darunter leidet, dass ihre Kollegen nicht sehen, was sie sieht und es ihr offenbar auch nicht gelingt, den anderen zu vermitteln, dass bei diesem Fall etwas grob nicht stimmt.

»Nicht jeder Täter gesteht in der ersten Woche«, wiegelt Hilla ab. »Das weißt du sicher genauso gut wie ich. Manche brauchen länger, in vielen Fällen hilft es auch, wenn der Anwalt ihnen dazu rät. Aber spätestens vor dem Richter knicken sie fast alle ein – immerhin ist ein Geständnis strafmildernd. Aber selbst wenn nicht – wie Max schon sagte, er war als Einziger am Tatort, wir haben seine blutige Kleidung gefunden, auf der Tatwaffe sind seine Fingerabdrücke und er hat seine Frau bereits früher misshandelt und mit dem Messer bedroht.«

»Aber er hat keine Kamera«, bleibt Ebba hartnäckig, und ihr Blick wandert nun zu Barne. »Oder hat die SpuSi eine gefunden?«

»Nein, bis jetzt nicht.«

»Was hast du nur immer mit dieser Kamera? Wir wissen nicht mal, ob es dort jemals eine gab. Alles, was du gesehen hast, waren drei kleine Abdrücke auf dem Teppich . . . das könnte was auch immer gewesen sein.«

»Auch die Schnur wurde nicht gefunden«, argumentiert Ebba tapfer weiter.

»Die Schnur, mit der Irmas Handgelenke gefesselt waren«, setzt sie hinzu, als sie Hillas fragenden Blick sieht.

»Diese Schnur kann er irgendwo entsorgt haben. Vielleicht war es sogar seine Mutter, die sie vom Tatort entfernte. Sie hat bereits gezeigt, dass sie Beweise manipulieren kann – wer weiß, was sie noch alles angerichtet hat?«

Ebba lässt frustriert die Schultern sinken. Was soll sie da noch sagen?

»Mensch, Blümchen, nimm es nicht persönlich, du siehst ja richtig welk aus«, flachst Max gut gelaunt. »Fest steht doch in jedem Fall, dass dieser Buttig keiner von den Guten ist.«

»Er ist ein Monster«, schlägt Hilla in dieselbe Kerbe.

»Ich kann wirklich nicht verstehen, warum du dich so sehr für ihn einsetzt.«

Ebba starrt ihre Chefin nun mit großen Augen an.

»Du denkst, ich tu das für ihn? Aus Mitgefühl, oder weil er mir leidtut? Weit gefehlt! Mir geht es nicht um Buttig, seine Mutter oder seinen Vater, wenngleich der noch das bedauernswerteste Mitglied in dieser Familie ist . . .«

»Worum dann?«, hakt Barne nach.

»Um die Opfer, die noch kommen. Dieser Täter hat das nicht zum ersten Mal gemacht. Ich bin mir sicher, dass es vor Irma schon Opfer gab, und es wird weitere geben, wenn wir den Kerl nicht stoppen.«

Hilla lehnt sich seufzend zurück und bläst theatralisch die Luft aus. Sie sucht nach den richtigen Worten, um Ebba den Wind aus den Segeln zu nehmen, als ihr Handy ein Ping von sich gibt. Sie sieht nach und entdeckt einen neuen Artikel des Föhrer Rundblicks, den sie abonnierte, nachdem Max ihr den Link geschickt hatte.

»Ist das zu fassen?«, ruft sie aus und schubst das Gerät erbost von sich. Max nimmt es und liest den Artikel vor.

»*Zeuge bei Einvernahme fast gestorben!*

Beunruhigender Vorfall in der Polizeistation Wyk: Bei der gestrigen Vernehmung im Mordfall Irma B. erlitt ein Zeuge einen Herzinfarkt – und überlebte nur knapp! Die dramatischen Ereignisse werfen Schatten auf die Ermittlungen, die unsere geliebte Insel erschüttern. Da blicken wir genauer hin:

Trieb Kriminalhauptkommissarin Hilla Ahrends rücksichtslose Befragung den Zeugen Bengt B. beinahe in den Tod? Der Vater von Torsten B., der verdächtigt wird, seine Frau ermordet zu haben, erlitt einen Herzinfarkt, während Ahrend ihn und seine Frau gnadenlos in die Mangel nahm. Doch das hielt die Kriminalkommissarin vom Festland nicht davon ab, die betagte Mutter des Verdächtigten wegen des Verdachts auf Beihilfe zum Mord festzunehmen.

Ein derart aggressives Vorgehen schockiert ganz Föhr. Und gebracht hat es offenbar nicht viel, denn unseren Quellen zufolge leugnet der Verdächtige Torsten B. nach wie vor, die Tat begangen zu haben. Wir werden das weiter verfolgen – und für Sie, liebe Leser, noch genauer hinblicken. Abonnieren Sie uns, indem Sie . . . und so weiter und so fort.«

»Das darfst du nicht persönlich nehmen«, sagt Barne mit einem aufmunternden Lächeln. »Du weißt doch, wie die Journalisten heutzutage sind.«

»Richtig«, stimmt Max zu, der sich das Lachen nicht verkneifen kann. »Es ist noch ein Glück, dass der Alte überlebt hat. Jetzt stell dir mal vor, was die schreiben würden, wenn nicht.«

Hilla blickt ihn an und zieht eine Schnute. Dann trinkt sie ihren Wein aus und schiebt ihren Teller zu Barne hinüber.

»Du kannst den Rest haben – mir ist der Appetit vergangen.«

28

Ein salziger Windhauch weht durch das gekippte Fenster in Ebbas Zimmer hoch oben in dem Apartmentturm am Strand. Er trägt das ferne Rauschen der Nordsee und den schwachen Geruch von Tang herein.

Sie liegt auf einem der schmalen Betten in diesem unpersönlichen Kinderzimmer und starrt an die Decke, die in einem sterilen Weiß gestrichen wurde. Die schwarzen Schnürsandalen liegen achtlos auf dem Boden, die grellgelbe Sonnenbrille daneben. Nur ihre orangefarbene Handtasche umklammert sie mit beiden Händen, weil ihre Finger mit den Kettengliedern des Riemens spielen wollen.

Zu ihrem Ärger flackert die Deckenlampe, weswegen sie sich doch lieber auf den Bauch rollt. Die Enttäuschung über die unbefriedigende Diskussion mit ihren Kollegen nagt körperlich an ihr und ihre Finger krallen sich in die Bettdecke.

Warum sieht keiner, was ich sehe? Und warum denken diejenigen, die in ihrer Wahrnehmung eingeschränkt sind, dass sie recht haben – bloß weil sie die Mehrheit sind?

Doch dann fällt ihr ein, dass sie jetzt einen Freund

hat. Einen, der besser mit Kollegen klarkommt als sie selbst. Sie fischt ihr Handy aus der Handtasche und tippt eine Nachricht an Marius.

Sie glauben mir nicht und sie vertrauen mir nicht. Auch nach zwei Jahren hat sich nichts geändert.

Kurz darauf kommt seine Antwort. Anstelle eines Pings ertönt ein Kuss-Sound. Das hat sie extra so eingestellt.

Hey Ebba, jetzt verfall nicht in Selbstmitleid. Und hör auf, dich selbst zu belügen. Es hat sich was verändert. Sie spotten nicht mehr. Sie grenzen dich auch nicht mehr aus. Sie schätzen dich und lassen dich teilhaben.

Okay ... du hast ja recht, aber es reicht nicht. Ich konnte sie nicht überzeugen.

Hast du alles versucht?

Ja.

Ich wette nicht.

Der Kuss-Sound nervt bei längeren Konversationen, das ist der Nachteil. Trotzdem will sie ihn nicht abstellen. Sie liebt es, daran erinnert zu werden, dass sie nicht mehr Single ist. Auch wenn Marius und sie nicht zusammenwohnen, sind sie dennoch sehr eng.

Du bist heute sehr streng mit mir, beschwert sie sich. Und obwohl ihr bewusst ist, dass Marius sie nicht sehen kann, zieht sie einen Schmollmund.

Ich bin nur ehrlich. Aus Erfahrung weiß ich, dass man dir glauben muss, wenn du die richtigen Argumente bringst.

Die richtigen Argumente. Dass Buttig andere Schwingungen ausstrahlt als der Tatort, und dass die Farben dieser Schwingungen, die sich dabei in ihrem Kopf bilden, sich deutlich voneinander unterscheiden, sind wohl eindeutig die falschen Argumente. Auch ihr Versuch, das in besser akzeptierte Worte zu übersetzen, wie, dass Buttigs stumpfe, durch Alkohol verstärkte Aggression überhaupt nicht mit diesen feinen, fast gemalten Schnitten zusammenpasst, hat niemanden überzeugt. Und auch, dass der Täter seine Handlungen filmte, um den Kick, den er während der Tat erlebte, reproduzieren zu können, wollte ihr niemand abkaufen. Die Abdrücke im Teppich wären dafür nicht genug.

Was also kann ihre Truppe überzeugen? Was kann zumindest einer von ihnen so gut nachempfinden, dass sie ihn auf ihre Seite ziehen kann?

Und mit einem Mal blitzt tatsächlich ein Gedanke in ihrem Kopf auf. Sie setzt sich auf, zieht ihr silbernes MacBook aus der pinkfarbenen Hülle und klappt es auf. Noch 27% Akku. Vorsorglich steckt sie das Gerät ans Ladekabel, denn die Recherchen, die sie nun beginnt, werden sie vermutlich die halbe Nacht lang wachhalten.

Als gegen zwei Uhr früh Sirenen durch den Ort heulen, blickt sie nur kurz auf. So gut sie kann, blendet sie, was auch immer draußen vorgeht, aus, um sich auf diese eine Sache zu konzentrieren.

Man muss im Schlechten auch das Gute sehen.

Barne Pankok, Kriminalkommissar

DIENSTAG

29

Das Beach-Café duftet schon am frühen Morgen herrlich nach frischem Kaffee, und die salzige Brise, die durch die weißen Vorhänge weht, ist erfrischend und kühl zugleich.

Hilla hat ihren Lieblingsplatz gefunden. Wie schon gestern hat sie sich an einem der runden Glastische im Freien niedergelassen. Ihre Pumps hat sie ausgezogen, um ihre Füße in den Sand zu stecken. Sie genießt den frühen Morgen am Strand, trotz einer Art bleiernen Müdigkeit, die sie nicht abschütteln kann – irgendetwas an diesem Fall lähmt sie.

Ebba und Barne, die ihr gegenübersitzen, sehen auch ein wenig übermüdet aus. Ebba trägt wieder das Kleid vom ersten Tag. Offenbar hat sie nur zwei Outfits nach Föhr mitgenommen, die grellen Accessoires sind ohnehin immer dieselben. Und Barne besitzt gar nichts anderes als grüne und braune Cordhosen, die er mit karierten Hemden kombiniert, die sich kaum voneinander unterscheiden, denkt Hilla schmunzelnd.

»Wo ist Max?«, will sie wissen.

»Er hat verschlafen. Als ich loszog, war er noch unter der Dusche.« Barne grinst breit bei dieser

Erklärung. »Dr. Meinhard hat ihn wohl überbeansprucht.«

Hillas Handy gibt wieder diesen kurzen Piepton von sich, der immer dann ertönt, wenn der Föhrer Rundblick einen neuen Artikel veröffentlicht.

Dieses Mal wappnet sie sich, bevor sie nachguckt, um nicht wieder von einem bösartigen Schmähartikel überrascht zu werden.

»Oha«, sagt sie überrascht, nachdem sie einen Blick auf die Schlagzeile geworfen hat. »Das Haus von Torsten Buttigs Eltern ging gestern in Flammen auf. Wusstet ihr das schon?«

Die anderen schütteln den Kopf.

Barne liest nun selbst nach und zieht die Nase kraus.

»Dann war es direkt ein Glück, dass der Vater im Krankenhaus und die Mutter in der Arrestzelle gelandet ist«, sagt er ungewohnt flapsig.

Sowohl Hilla als auch Ebba sehen ihn verblüfft an.

»Was?«, rechtfertigt sich Barne. »Wären die beiden zu Hause gewesen, wären sie in den Flammen umgekommen.«

»So kann man es auch sehen«, sagt Hilla mit hochgezogenen Brauen.

»Man muss im Schlechten auch das Gute sehen«, lässt Barne sich von seiner Meinung nicht abbringen. »Nach dem, was im Föhrer Rundblick steht, handelt es sich um einen Anschlag. Die Fensterscheiben wurden eingeworfen und die Bude regelrecht abgefackelt. Nur weil das Haus leerstand, gab es keine Verletzten.«

»Tja«, meint Hilla lakonisch. »Und weißt du, was noch ein Glück ist? Dass dieser Vandalenakt in Brarens Zuständigkeit fällt – das bedeutet nämlich, dass dieser Mensch endlich beschäftigt ist.«

»Scheint so, als würde der Mob wegen Irma Buttigs Ermordung Rache nehmen«, sagt Ebba, nachdem sie den Artikel ebenfalls gelesen hat und reibt sich die Augen. »Deshalb heulten die Sirenen in der Nacht.«

»Du hast sie gehört?«, fragt Hilla verwundert. Sie selbst hat wie ein Stein geschlafen.

»Ja, aber nur peripher wahrgenommen. Ich war in meine Recherchen vertieft.«

»Recherchen?«, hakt Barne nach. »Das ist doch eher mein Metier. Worüber hast du recherchiert?«

»Danke, dass du fragst.« Ebbas Wangen färben sich rosig und sie schenkt ihm ein nervöses Lächeln. »Über frühere Fälle, die ähnlich waren wie dieser.«

»Du meinst andere häusliche Auseinandersetzungen, die tödlich endeten?«, fragt Barne verblüfft.

»Ja. Ich habe drei gefunden. Ein Ehemann wurde freigesprochen – dieser Fall ist daher offiziell noch ungeklärt – und die anderen beiden verurteilt.«

»Äh... worauf willst du hinaus, Ebba?«, fragt Hilla. Auf ihrer Stirn hat sich eine steile Falte gebildet. »Häusliche Gewalttaten gibt es seit jeher, und nicht nur in Deutschland. Die ganze Welt ist voll damit.«

»Ich weiß, aber ich suchte nach häuslichen Gewalttaten, die eigentlich keine sind. Die nur so aussehen.«

»Ebba, bitte«, stöhnt Hilla und hält nach dem Kellner Ausschau. »Ich glaube, ich muss irgendetwas mit Schuss bestellen...«

»Willst du dir die Fälle nicht zumindest einmal ansehen?«, schlägt Ebba vor und beginnt ein wenig umständlich, ihr Notebook aus der knallgrünen Strandtasche herauszufummeln. »Ich habe drei weitere Fälle entdeckt, wo die Ehefrauen durch Verbluten starben ...«

»Bitte lass dein Notebook stecken«, stöhnt Hilla. »Die meisten Opfer von Messerattentaten sterben durch Verbluten. Ernsthaft, Ebba, genug ist genug. Wir sind hier durch. Nach dem Frühstück geht es zurück nach Flensburg.«

Ebba spürt, wie Hillas Ablehnung sie aufwühlt. Sie blickt zu Barne, doch er lächelt bloß mit hochgezogenen Schultern. *Sie ist die Chefin*, soll das wohl heißen.

So ein Mist, ärgert sich Ebba, zieht einen Flunsch und steht auf. Als sie ihre vollgestopfte, grellgrüne Strandtasche hochnimmt, stößt sie unabsichtlich gegen den Glastisch, sodass Hillas Kaffee überschwappt.

»Sorry«, murmelt sie missmutig, als ihre Chefin genervt die Augen verdreht. »Ich geh dann mal packen.«

30

Als Max oben im sechsten Stock die Ruftaste des Fahrstuhls drückt, dämmert ihm bereits, dass jener mit einem technischen Problem zu kämpfen hat. Denn der Taster reagiert nicht wie sonst auf seinen Fingerdruck mit einem grünen Licht, sondern bleibt farblos und dunkel. Gewissheit erhält er kurz darauf, als eine mollige Touristin in Flip-Flops die Treppe hochkommt und ihm keuchend berichtet, dass die Liftkabine zwischen der zweiten und dritten Etage stecken geblieben ist.

Er ergibt sich in sein Schicksal und macht sich zu Fuß auf den Weg. Die vielen Glasflächen sorgen für gutes Licht. Das kompensiert ein wenig den muffigen Geruch nach feuchtem Sand und Putzmitteln. Zwischen drittem und viertem Stock kommt ihm eine vertraute Gestalt entgegen. In ihrem schwarzen Kleid und den grellen Accessoires würde er sie unter Tausenden erkennen.

»Was ist los? Funktioniert der Fahrstuhl nicht?«, spöttelt er.

»Witzig«, grummelt Ebba, besinnt sich dann jedoch und ringt sich ein Lächeln ab. »Würdest du mir einen Gefallen tun?«

»Keine Chance«, entgegnet er, lächelt dann jedoch breit. »Außer, du erwischst mich in einer so sonnigen Stimmung wie heute. Also, womit kann ich dienen?«

»Kannst du mir Fotos von drei Mordopfern besorgen? Solche, auf denen die nackten Leichen gut zu erkennen sind? Am besten wären die Fotos aus dem Autopsiebericht...«

»Und wozu soll das gut sein?«, hakt Max neugierig nach.

»Da draußen läuft ein perverses Schwein frei rum. Deshalb will ich nichts unversucht lassen. Ich habe die halbe Nacht damit verbracht, alle häuslichen Gewalttaten, die ich im Internet finden konnte, genauer unter die Lupe zu nehmen. Drei Fälle weisen Ähnlichkeiten mit unserem Fall auf.«

»Weiß das Hilla schon?«

Ebba verzieht nun das Gesicht.

»Ja, sie sagt, es ist Bullshit, aber ich würde mir die Verletzungen der anderen Frauen echt gern ansehen.«

Max, entwaffnet durch ihre Ehrlichkeit, legt den Kopf schief.

»Du gibst nicht so leicht auf, was?«

»Aufgeben war noch nie eine Option.«

»Dann soll ich also diese Fotos hinter dem Rücken unserer Chefin besorgen?«

Ebba lächelt ein wenig verlegen. »Wenn's dir nichts ausmacht...«

Anstelle einer Antwort lacht er laut auf und setzt seinen Weg fort. Nach ein paar Stufen dreht er sich nochmals um und lehnt sich mit einem schelmischen Grinsen an das Geländer.

»Du hast Glück, dass ich Eier in der Hose habe. Schick mir die Namen per WhatsApp.«

»Okay, danke«, erwidert sie überrascht.
»Aber dafür hab ich was gut!«
Ebba überlegt kurz, bevor sie antwortet.
»Deal. Aber nur, wenn ich falschliege. Andernfalls hab ich was gut bei dir.«
»Okay, das ist fair«, sagt Max, fährt sich mit den Fingern durch die Haare und läuft weiter die Treppe hinab.

Diesen inneren Konflikt möchte ich nicht durchleiden müssen.

Max König, Kriminaloberkommissar

MITTWOCH
FLENSBURG

31

Als Ebbas Handy endlich klingelt, ist es beinahe Mittag. Seit Max ihr gestern im Treppenhaus versprochen hat, die Fotos der anderen getöteten Frauen zu besorgen, hat sie nichts mehr von ihm gehört. Wobei sie ihm fairerweise zugestehen muss, dass er – genauso wie sie selbst – zuerst mit Packen und dann mit der Rückreise nach Flensburg beschäftigt war.

Andererseits, die Kollegen aus den Orten, in denen diese Verbrechen passierten – Kappeln, Hohn und Ockholm – versehen ihren Dienst, so wie jeden anderen Tag auch. Also warum verdammt noch mal dauert es länger als vierundzwanzig Stunden, um Fotos aus einem rechtsmedizinischen Bericht zu übermitteln?

Seit sie heute Morgen aufgewacht ist, läuft sie unruhig in ihrem Einraum-Apartment mit Blick auf den Flensburger Hafen auf und ab. Sie hat viel zu viel Kaffee getrunken und in ihrer Verzweiflung sogar begonnen, die Fenster zu putzen.

Als nun endlich der ersehnte Klingelton ertönt, stürzt sie aufgeregt zur Küchenbar, wo sie ihr iPhone abgelegt hat.

Doch zu ihrer Enttäuschung schreibt das Display *Jork Hendersen*.

Verdammt. Er hat gestern Abend schon angerufen, so wie er es nach jedem Fall macht, aber Ebba ist nicht rangegangen. Was hätte sie ihm auch sagen sollen, wenn er sich wie üblich nach ihrer Sicht der Dinge erkundigt hätte? Die Wahrheit?

Und was, wenn er ihr geglaubt und Hilla overruled hätte? Das wäre dann das Ende ihrer Beziehung mit Hauptkommissarin Hilla Ahrend, denn Hilla ist nicht die Sorte Mensch, die über so etwas hinwegsieht.

Nein, wenn sie ihre Position im Team verbessern will, muss sie Hilla überzeugen und nicht deren Boss. Deshalb hat sie den Anruf gestern auf die Mobilbox gehen lassen und später bloß eine Kurznachricht geschickt, in der sie gebeten hat, das Telefonat auf den nächsten Morgen zu verschieben.

Voilà. Hier ist er nun, der verschobene Anruf, und sie hat immer noch keine Ahnung, was sie sagen soll. Aber diesmal muss sie rangehen, wenn sie nicht riskieren will, dass der Kriminaldirektor persönlich bei ihr zu Hause auftaucht. Denn Jork Hendersen nimmt das Versprechen, das er ihrem Vater am Totenbett gegeben hat, sehr ernst. Auf sie aufzupassen hat für ihn oberste Priorität.

»Moin Onkel Jork.«

»Moin Liebes, wie wars auf Föhr?«

»Ganz okay . . .«

»Ganz okay?«

»Ja, es klappt immer besser mit dem Team . . .«

»Schön. Der Täter hat aber nicht gestanden.«

»Ich weiß . . .«

»Das ist ungewöhnlich im familiären Umfeld. Männer, die ihre Frauen im Streit töten, sind fast ausnahmslos geständig. Etliche rufen sogar selbst die

Polizei oder tauchen auf der nächstliegenden Wache auf, um das Verbrechen zu melden.«

Ebba wickelt eine lange Haarsträhne um einen Finger. »Ich weiß, Onkel Jork . . .«

»Also, was ist mit dem Kerl los? Warum gesteht er nicht? Bei dieser Beweislage kann ihm ein Geständnis nur nützen.«

»Mhm.« Ebba lässt die Strähne wieder los. Jetzt sind sie an dem Punkt angekommen, wo sie bloß noch drumherumeiern kann. Und was soll sie sagen, wenn er sie ganz direkt fragt, ob Torsten Buttig seine Frau erstochen hat?

»Ja . . . also . . .«, beginnt sie zögernd, als plötzlich ein vertrautes Piepen in der Leitung ertönt. Ein zweiter Anruf – den hat ihr der Himmel geschickt.

»Onkel Jork, bei mir klopft gerade jemand an, können wir später . . .«

»Jemand, der wichtiger ist als ich?«, fragt er halb scherzend.

»Niemand ist wichtiger als du. Aber ich muss trotzdem rangehen«, erklärt sie bestimmt. »Okay?«

Sie beendet das Gespräch, ohne sein Einverständnis abzuwarten und registriert erleichtert, dass es Max ist, der anruft. Aufgeregt wischt sie über den grünen Button.

»Das hat aber gedauert!«

»Ja, hat es. Ich wollte warten, bis ich alle drei Fotos erhalten habe, und auf die Bilder aus Kappeln musste ich 'ne Weile warten.«

»Und?«, fragt Ebba, während ihr Herz vor Aufregung bis zum Hals klopft.

»Du solltest herkommen und sie dir ansehen.«

32

Als Ebba Max' Büro betritt, welches mehr eine Nische im Großraum darstellt als einen eigenständigen Raum, findet sie es leer vor. Sie nimmt ihr Handy aus der Handtasche, um ihn anzurufen, doch er hat bereits eine Nachricht geschickt.
Besprechungsraum 2A.
Nachdem sie sich bereits im zweiten Stock befindet, beginnt sie auf dieser Ebene zu suchen, und es dauert auch nicht lange, bis sie besagten Raum tatsächlich findet. Zu ihrer Überraschung ist nicht nur Max, sondern auch Barne anwesend.
»Moin.«
Ihre Augen fallen auf die Fotos im A4 Format, die Max auf dem Besprechungstisch nebeneinander aufgereiht hat. Drei nackte und mit Stichen und Schnitten übersäte Frauenleichen.
»Sind sie das?«, fragt sie überflüssigerweise.
Max nickt und legt noch ein viertes Foto dazu.
Ebba erkennt die tote Frau darauf sofort. Es ist Irma Buttig, und sie so zu sehen – so unpersönlich wie ein Objekt auf dem Metalltisch liegend – versetzt ihr einen Stich. Sie hat sich so viel mit Irma und deren Leben beschäftigt, dass sie ihr irgendwie ans Herz

gewachsen ist.

Gespannt wendet sie ihren Blick von Irmas sterblichen Überresten ab und nimmt das nächste Foto in Augenschein. Die Tote, die darauf zu sehen ist, hieß Reingard Sievers und wurde nur siebenunddreißig Jahre alt. Sie wohnte mit ihrem Ehemann in Hohn und ihre Leiche weist ein völlig anderes Stich- und Schnittmuster auf. Konkret hat sie keine Schnitte, sondern nur Stiche, die ihr in einer Art Raserei zugefügt wurden, denn sie sind unzählig, tief und wahllos. Gemeinsamkeiten mit dem, was Irma angetan wurde, sind beim besten Willen nicht zu erkennen.

Ebba wechselt zum nächsten Foto und mit einem Mal stockt ihr der Atem. Die Tote, die darauf abgebildet ist, war neununddreißig Jahre alt, als sie starb. Ihr Name war Barbara Ahlswede und sie stammte aus Ockholm, einem kleinen Ort südlich von Dagebüll, wo sie mit ihrem Mann ein Haus besaß. Ihr Körper weist all jene kleinen geschwungenen, fast künstlerischen Schnitte auf, die sie auch bei Irma gesehen hat. Auch die heftigen Einstiche – vor allem im Bauchraum – finden sich auf dem Leichnam.

Mit einem Puls weit jenseits der Wohlfühlgrenze blickt Ebba das letzte Foto an. Sabrina Rusch, einunddreißig, aus Kappeln. Und auch ihre Leiche weist genau die gleichen Schnitt- und Stichmuster auf.

Erst nach einer Weile fällt ihr auf, dass ihre Kollegen ungewöhnlich schweigsam sind. Sie hebt den Kopf und ihr Blick fällt auf Max, der sich mit einer Pobacke auf dem Tisch niedergelassen hat.

»Denkst du immer noch, das ist Zufall?«

Er schüttelt den Kopf. »Nein. Um ehrlich zu sein, hatte ich 'ne Gänsehaut, als ich die Fotos von Barbara

Ahlswede und Sabrina Rusch sah. Diese Art, mit dem Messer auf den Körpern der Frauen *zu malen*, ist tatsächlich ungewöhnlich – und bei mehrmaligem Auftreten als Muster zu werten. Also hab ich mit den verantwortlichen Kollegen telefoniert. Und es gibt noch mehr Übereinstimmungen dieser Fälle mit unserem, als auf den Fotos sichtbar sind. Beide Frauen wiesen – ebenso so wie Irma – länger zurückliegende Misshandlungsspuren auf, beide hatten Einschnitte von Fesselungen an den Handgelenken, beide wurden im Intimbereich geschnitten, beide wurden vergewaltigt – und in beiden Fällen wurde ein Kondom verwendet, obwohl es sich doch bei dem Täter angeblich um den Ehemann handelte.«

»Oh wow«, sagt Ebba, die nun ebenfalls eine Gänsehaut bekommen hat. Es ist eine Sache, sich sicher zu sein – und nochmal eine andere, es bestätigt zu bekommen.

»Ich denke, wir sind uns einig, dass wir Reingard Sievers ausschließen können«, zieht Max seine Schlüsse. »Sie passt nicht ins Bild.«

Als Ebba nickt, fährt er fort.

»Die anderen beiden Fälle hingegen . . . nun ja, die Ähnlichkeiten sind tatsächlich frappierend. Es wurde jedoch nie ein Konnex hergestellt. Beschuldigt wurden in beiden Fällen die jeweiligen Ehemänner, denen auch der Prozess gemacht wurde. Sabrina Rusch starb vor einem Jahr, ihr Mann Jürgen Rusch wurde sechs Monate später zu neunzehn Jahren verurteilt und sitzt aktuell in der JVA Lübeck ein.«

»Der scheidet demnach als Serienmörder aus, wenn er nicht gerade Hafturlaub hatte. Das dürfte bei einem verurteilten Mörder aber eher unwahrscheinlich sein«, überlegt Ebba.

»Stimmt«, erwidert Barne. »Ich hab das überprüft, Jürgen Rusch war definitiv hinter Schloss und Riegel.«

»Bleibt Jochen Ahlswede, der Mann von Barbara Ahlswede«, sagt Max. »Laut dem zuständigen Kollegen, mit dem ich vorhin telefonierte, bestand seitens der Polizei kein Zweifel daran, dass er schuldig war. Alle Beweise sprachen gegen ihn, doch er hatte einen guten Anwalt und nach einem tagelangen Nervenkrieg vor Gericht wurde er im Zweifel freigesprochen. Der Fall ist nun drei Jahre her und erregte viel Aufsehen, weil der zuständige Richter Ahlswedes Geliebter glaubte, die ihm ein Alibi gab. Seit dem Prozess gilt der Fall wieder als ungelöst.«

Ebba legt die drei verbliebenen Fotos nebeneinander, um die Stich- und Schnittmuster zu studieren.

»Ich bin überzeugt, dass das ein und dieselbe Handschrift ist – und ich denke, wir sollten uns diesen Ahlswede mal genauer ansehen.«

In diesem Moment betritt Hilla den Raum und es wirkt, als ob sie gegen eine unsichtbare Wand prallt, als sie Ebba erkennt.

Doch dann strafft sie ihre Schultern und packt ein anerkennendes Lächeln aus.

»Du hattest recht. Ich weiß zwar noch nicht, wohin uns das führt, aber da ist was dran«, gibt sie mit einem Seitenblick auf die Fotos zu. »Und es erklärt auch, warum Torsten Buttig nicht gestanden hat.«

»Ja, wir müssen tatsächlich die Möglichkeit ins Auge fassen, dass Buttig seine Frau nicht getötet hat«, sagt Max, als es in Hillas Handtasche zu klingeln beginnt.

Sie nickt ihm grimmig zu, während sie ihr

Smartphone aus der Tasche zieht.

»Ja, ich fürchte, das müssen wir – nur, wer verdammt noch mal, wars dann?«, flucht sie und geht ran.

»Es war Mina!«

»Was?« Sie hatte Hendersens Rückruf erwartet und in der Hektik ihr Handydisplay nicht gecheckt. »Fred?«

»Ja, wer sonst? Stell dir vor, Mina entführt meine Küken. Es ist alles auf der Kamera zu sehen. Sie klettert...«

»Fred«, unterbricht ihn Hilla unsanft. »Es geht jetzt wirklich nicht.«

»Aber was soll ich denn nun tun? Ich kann mich doch nicht von meiner Katze trennen.«

»Ich weiß. Und ich bin sicher, wir finden 'ne Lösung. Ich melde mich später. Versprochen.«

Sie legt auf, ohne ein weiteres *Aber* abzuwarten.

Max grinst bereits über das ganze Gesicht.

»Die Lieblingskatze ist der Kükenkiller? Puh, das ist heftig. Diesen inneren Konflikt möchte ich nicht durchleiden müssen.«

Ebba muss sich auf die Lippen beißen. So tragisch dieser Fall auch ist, Max schafft es immer wieder, ihre Lachmuskeln zu triggern.

Hilla ignoriert ihn geflissentlich.

»Wie ist der Stand?«

»Wir sollten Ahlswede unter die Lupe nehmen«, meldet sich Barne zu Wort. »Ich habe ihn bereits lokalisiert. Nachdem er freigesprochen wurde, hat er mit der Geliebten, die für ihn ausgesagt hat, ein neues Leben begonnen. Er hat sie geheiratet, ihren Namen angenommen – er heißt jetzt Andresen – und sie wohnen gemeinsam mit Kind in Kiel.«

»Mit Kind?«, fragt Hilla erschrocken.
»Ja, sie haben eine zweijährige Tochter.«
Hilla seufzt.
»Dann sollten wir dort nicht mit einer schwer bewaffneten Spezialeinheit auftauchen. Hat er einen Job?«
»Ja, er ist als Klempner tätig.«
»Nun, dann treffen wir seine Frau vielleicht allein zu Hause an. Wir könnten mit ihr reden und sie und das Kind aus der Schusslinie bringen, bevor wir weitere Maßnahmen setzen«, schlägt Ebba vor und wirft ihrer Chefin ein fragendes Lächeln zu.

Hilla deutet es richtig.

»Du willst also mitkommen? Blöde Frage, ich weiß. Okay, du fährst mit Max hin, ich habe hier jede Menge zu klären und zu organisieren«, erläutert sie. »Wir checken vorab, dass Ahlswede nicht zu Hause ist, dann könnt ihr in Ruhe mit der Frau sprechen. Aber wenn ihr nur den geringsten Verdacht habt, dass wir bei Ahlswede an der richtigen Adresse sind – oder noch schlimmer, dass die neue Familie da mit drinsteckt, zieht ihr euch zurück und fordert Verstärkung an, ist das klar?«

»Aber sowas von«, erklärt Max mit getragenem Ernst in der Stimme. »Wenn die Windelprinzessin ihren Nuckel nach mir wirft, erfährst du's als Erste.«

Breit grinsend erhebt er sich und hält Ebba mit einer galanten Geste die Tür auf.

»Max!«, röhrt Hilla vorwurfsvoll. »Die frischgebackenen Andresens wären nicht das erste Mörderpärchen in der Geschichte – und du hast eine Verantwortung Ebba gegenüber.«

33

»Muss ich Sie hereinlassen?«

Die Frau, die verunsichert in der Tür steht, ist von zierlicher Statur. Diese Zartheit wird von ihrer Kleidung noch betont, denn das eng anliegende weiße Top und die dünnen Shorts tragen so gut wie gar nicht auf. Sie hat schulterlange haselnussbraune Locken und ein sympathisches offenes Gesicht, das sich jedoch in dem Moment verfinsterte, als Max sich und Ebba vorstellte und Einlass in die Wohnung begehrte.

»Es wäre besser für Sie, Frau Andresen«, sagt er mit einem charmanten Lächeln. »Oder wollen Sie hier im Treppenhaus mit uns sprechen, wo alle Nachbarn mithören können?«

Augenblicklich beginnen ihre Augen zu flackern und sie zieht die Tür auf.

»Na gut, kommen Sie rein. Aber ich finde das nicht in Ordnung. Warum kann die Polizei nicht aufhören, uns zu drangsalieren?«

»Weil draußen ein Serienmörder rumläuft, der nicht aufhört, Frauen umzubringen«, sagt Ebba.

»Wie bitte?« Flora Andresens Augen werden groß und rund. »Und jetzt denken Sie, mein Mann . . .«

In diesem Moment kommt ein kleines Mädchen mit

blonden Zöpfen in einem rosa Träger-Kleidchen angelaufen und schmiegt sich an die Beine ihrer Mutter. Flora nimmt sie hoch, und so ist sie nun auf Augenhöhe mit Max, der mit den Augen rollt und abwechselnd seine Zungenspitze aus dem linken und rechten Mundwinkel herausblitzen lässt. Die Kleine beginnt zu kichern und streckt nun ebenfalls ihre Zunge raus.

»Emily! Das macht man nicht«, weist Flora sie sanft zurecht, woraufhin die Kleine ihre Zunge ein zweites Mal rausstreckt.

»Ich hab angefangen«, gesteht Max und steckt sich einen Finger in die Nase.

Die Kleine kichert nun richtig laut und steckt sich ebenfalls einen Finger in die Nase.

»Emily!«

Flora blickt verwirrt zwischen den Ermittlern hin und her.

»Was hat das alles zu bedeuten?«

»Dürfen wir uns setzen?«, fragt Ebba. »Dann erkläre ich Ihnen alles.«

»Meinetwegen«, gibt die zierliche Frau nach, wenngleich ihre Haltung feindlich bleibt. Dennoch bietet sie ihrem Besuch ein Glas Wasser an.

Während sie darauf warten, lässt Ebba sich auf der Couch nieder und blickt sich um. Die Wohnung am Stadtrand von Kiel ist zwar nicht groß, aber sonnendurchflutet, und Flora scheint – wie es schon ihr Name impliziert – einen grünen Daumen zu haben. Denn hier gedeihen dutzende Topfpflanzen, die auf Fensterbänken und Regalen sprießen und der Wohnung ein heimeliges Flair verleihen. Tiefgrüne Farne, saftige Sukkulenten und blühende Orchideen schmücken die Wohnung. Zwischen all dem Grün liegt ein cremefarbener Teppich, auf dem bunte Bausteine verstreut sind, mit denen die kleine Emily wohl gerade noch einen Turm gebaut hat.

»Mein Mann ist ein guter Mann«, erklärt Flora, als sie mit den beiden Wassergläsern zurückkehrt. Sie ist blass und in ihren Augen schimmern Tränen, als sie sich Ebba gegenüber auf dem Polstersessel niederlässt. Ihre nackten Füße zieht sie dabei an sich und versteckt sie unter dem Rock. »Ich werde nicht zulassen, dass Sie nochmal versuchen, ihn zu vernichten...«

»Das haben wir nicht vor«, unterbricht Ebba sofort. »Ich glaube Ihnen, dass Ihr Mann ein liebevoller Ehemann und Vater ist.«

Wenn sie Zweifel hatte, dann hat Emilys völlig unbekümmertes Verhalten einem fremden Mann gegenüber diese beseitigt. Auch die viele nackte Haut, die Mutter und Kind zeigen, weist keinerlei Misshandlungsspuren auf. Im Gegenteil, Emily wirkt rosig und vergnügt. Sie löst sich von ihrer Mutter und lässt sich auf dem Teppich nieder, von wo aus sie die Erwachsenen mit großen Augen beobachtet.

Dennoch muss Ebba die nächste Frage stellen.

»Frau Andresen, wo war Ihr Mann letzten Samstag?«

»Wir waren im Zoo. Mit Emily. Bis acht Uhr abends. Normalerweise geht sie um diese Zeit schon schlafen, aber sie war so begeistert von den Tieren, dass wir eine Ausnahme machten.«

Max setzt sich zu der Kleinen auf den Boden und beginnt etwas mit Bauklötzen zu bauen, das sie wieder umwerfen darf, während er Hilla die Infos über Jochen Andresens Alibi simst. Der Zoo ist kameraüberwacht, was bedeutet, dass Barne den Wahrheitsgehalt ziemlich schnell feststellen kann.

Ebba erwähnt nun Flora gegenüber, dass die Tat, für die ihr Mann beinahe verurteilt worden wäre, von einem Serientäter verübt worden sein könnte.

Floras Hände zittern, als sie darauf antwortet.

»Ich habe mich immer gefragt, wer das gewesen ist. Welches Monster dafür verantwortlich war, dass Barbara sterben musste und Jochen und ich durch die Hölle gingen. Aber ich dachte nie, dass er auch noch andere . . .«

»Sie waren damals Jochens Geliebte, nicht wahr?«, fragt Ebba, nachdem sie auf der Fahrt Gelegenheit hatte, den Gerichtsakt zu studieren. Natürlich kennt sie die Antwort, aber die Frage ist der perfekte Einstieg, um das Beziehungsthema zu vertiefen.

Flora nickt. »Ja, wir waren zu dem Zeitpunkt, als es passierte, schon ein Jahr liiert. Jochen wollte sich scheiden lassen, aber Barbara wollte dabei das Beste für sich rausschlagen. Sie war zutiefst verletzt, dass er sie verlassen wollte und schwor mehrmals, sie würde ihn eher vernichten, als ihn mir zu überlassen. Und dann fing sie mit Verleumdungen an. Plötzlich hatte sie blaue Flecke und Abschürfungen und behauptete überall, dass Jochen sie misshandeln würde. Das war eine scheußliche Situation, weil Jochen sich kaum dagegen wehren konnte. Sie zeigte ihn nicht an – so weit ging sie nicht – aber sie lief überall mit den Misshandlungsspuren rum. Wir haben all unsere Freunde verloren und die Nachbarn fingen an, uns zu mobben. Und das alles nur, weil sie bei der Scheidung das Haus behalten wollte.

Ockholm ist ein kleiner Ort, müssen Sie wissen, und jeder sprach bereits über uns. Als Barbara tot aufgefunden wurde, war Jochen bereits als Mörder vorverurteilt. Die Polizei nahm ihn fest und er blieb bis zur Gerichtsverhandlung in Untersuchungshaft. Und das, obwohl ich von Anfang an bestätigen konnte, dass Jochen an jenem Abend, als es passierte, und die ganze Nacht über bei mir gewesen ist. Aber die Polizei wollte mir einfach nicht glauben.«

Bei der Erinnerung daran laufen Flora Tränen über die Wange.

Ebba nickt der zierlichen Mutter aufmunternd zu, denn sie weiß bereits aus dem Gerichtsakt, dass die Frage des Alibis eine große Rolle im Prozess spielte.

»Als dann noch die Psycho-Protokolle auftauchten, dachte ich echt, sie sperren meinen geliebten Jochen für immer weg.«

»Welche Psycho-Protokolle denn?«, hakt Ebba nach.

Flora reibt sich mit den Fingern über die Stirn.

»Das war unglaublich. Barbara ließ wirklich nichts unversucht, um Jochen zu vernichten. Sie begnügte sich nicht damit, überall ihre blauen Flecken zu präsentieren, sie schrieb auch über die erfundenen Anschuldigungen in einem Selbsthilfe-Online-Forum oder so etwas Ähnlichem. Über mehrere Wochen hinweg verleumdete sie Jochen bei einer Therapeutin, und die Polizei glaubte hinterher jedes Wort.«

Ebba runzelt die Stirn. »Ich habe keine derartigen Dokumente im Gerichtsakt gefunden.«

»Ja, zum Glück. Die Staatsanwaltschaft war zwar dahinter, die wollten sogar, dass die Therapeutin im Prozess aussagt, aber der Anwalt meines Mannes hat es irgendwie geschafft, dass diese Beweise ausgeschlossen wurden.«

»Also sagte sie nicht aus?«

»Nein, Jochens Anwalt hat es verhindert.«

»Mhm«, macht Ebba. »Können Sie sich noch an den Namen dieser Therapeutin erinnern?«

Flora überlegt eine Weile.

»Nein«, sagt sie schließlich. »Ich habe alles, was mit dieser Sache zusammenhängt, so gut wie möglich verdrängt. Aber die Polizei hat damals jede einzelne Kommunikation zwischen den beiden ausgedruckt.«

»Mhm«, macht Ebba noch einmal und dreht sich zu Max um, der sich bestens mit Klein-Emily zu verstehen scheint, aber offenbar dennoch mitdenkt. Denn er wirft ihr nun einen eindeutigen Blick zu.

»Ich denke, wir sollten uns diese Protokolle besorgen«, sagt sie.

»Aber warum denn?«, flüstert Flora und ihr Blick wirkt plötzlich panisch. »Haben Sie vor, das alles neu aufzurollen?«

Ebba streicht ihr beruhigend über den Arm.

»Keine Sorge. Wir haben bloß vor, den wahren Killer ausfindig zu machen.«

Die Banken wissen alles – über jeden von uns.

Barne Pankok, Kriminalkommissar

DONNERSTAG

34

Seit dem frühen Morgen sitzt das Team der SoKo Nord in Hillas Büro um den Besprechungstisch zusammen. Es ist ein moderner, luftiger Raum, in den die Julisonne durch die offenen Fenster hereinfällt. Wenn man hinausblickt, sieht man die Flensburger Förde tiefblau im Hintergrund schimmern. Möwen drehen ihre Runden vor weißen Wolken. Doch so idyllisch es draußen ist, so hektisch ist es drinnen. Die Luft ist mit Kaffeeduft geschwängert, und zwischen modernen Aktenregalen leuchtet eine elektronische Pinnwand, die mit Fallnotizen und Fotos übersät ist.

Hilla hat nach Max' telefonischem Bericht über die Befragung von Flora Andresen gestern darauf verzichtet, Jochen Andresen, vormals Ahlswede, von einem Einsatzteam aufgreifen und zur Vernehmung bringen zu lassen. Stattdessen ist sie allein losgefahren und hat den Klempner nach der Arbeit abgepasst.

Der sportliche Enddreißiger mit dem kurzgeschnittenen dunklen Haar wurde augenblicklich panisch, als sie ihm sagte, wer sie ist und worüber sie mit ihm reden will. In den ersten Minuten brachte er kaum ein Wort heraus. *Nicht schon wieder*, waren die einzigen Worte, die er in Schleife vor sich hinmurmelte.

Erst war sie von seinem Verhalten irritiert, aber als

sie bemerkte, dass seine Hände zitterten, wurde ihr klar, dass dieser Mann, falls er an dem Verbrechen an seiner Frau unschuldig war, von dem Vorgehen der Polizei, der Kriminalpolizei und des Gerichts traumatisiert worden ist. Auch wenn die alle bloß ihren Job gemacht haben.

Zu diesem Zeitpunkt war sie froh über die Entscheidung, ihn nicht von einem Einsatzteam in einen Vernehmungsraum bringen zu lassen. Speziell, als er eine Quittung für einen Stoffpinguin vorlegen konnte, den er für seine Tochter beim Verlassen des Zoos Samstagabend gekauft hatte. Der Zeitstempel auf der Rechnung zeigte 20:07, womit klar war, dass er es nicht mehr rechtzeitig nach Föhr geschafft hätte, um als Irmas Mörder infrage zu kommen.

Also hat sie mit ihm zwei Zigaretten geraucht und ihn über die Online-Therapie seiner ermordeten Frau befragt. Leider konnte er darüber nicht viel sagen, denn er wusste nichts davon, bis die Polizei ihn mit diesen Protokollen überraschte. Er stritt auch den Wahrheitsgehalt dieser Beratungen vehement ab. Niemals hätte er die Hand gegen Barbara erhoben, sein einziges Verbrechen sei es gewesen, sich in Flora zu verlieben. Wie schon Flora zuvor, erzählte auch er, dass Barbara schwor, sein Leben zu zerstören. Er fühlte sich machtlos, als sie kurz danach anfing, mit sichtbaren Verletzungen im Ort herumzulaufen und Lügen über ihn zu verbreiten.

Es fiel Hilla nicht schwer, sich auszumalen, wie fatal sich all das für ihn auswirkte, nachdem seine Frau erstochen in ihrem Haus aufgefunden wurde.

Max ließ gestern noch die Polizeiakten der Mordfälle Ahlswede und Rusch abholen – die beide sehr umfangreich sind – und tatsächlich fanden sie nicht nur im Fall Ahlswede, sondern auch in der Akte Rusch die Ausdrucke einer Online-Beratung durch eine Psychotherapeutin.

Drei annähernd identische Fälle, in drei verschiedenen Orten, die alle gemeinsam haben, dass die Frauen im Internet Hilfe gesucht hatten – auch wenn Barbara nur so tat als ob. Das kann kein Zufall sein.

»Die Namen der Therapeutinnen stimmen aber nicht überein. Barbara Ahlswede schrieb mit Dr. Neele Fürst und Sabrina Rusch suchte Rat bei Dr. Frieda Hoffmann«, erklärt Barne und geht dazu über, lautstark seinen Kaffee leer zu schlürfen.

»Aber der Text«, entgegnet Ebba, die blass und müde aussieht. »Ich habe die halbe Nacht mit diesen Protokollen verbracht, und ich kann euch sagen, dass ganze Phrasen und Textbausteine ähnlich oder sogar identisch sind mit jenen, die auch Dr. Hanna Beerensen verwendete. Ich verwette meine Zehen, dass in allen drei Fällen dieselbe Therapeutin dahintersteckt.«

»Wer will schon deine Zehen?«, entgegnet Max mit einem amüsierten Lächeln. »Warum wetten wir nicht um etwas richtig Geiles, wie zum Beispiel...«

»Wir wetten gar nicht«, geht Hilla dazwischen. »Die Art und Weise dieser Therapeutinnen, mit Frauen zu sprechen, ist in allen drei Fällen die gleiche, das ist mir auch aufgefallen. Und das lässt meiner Meinung nach nur einen Schluss zu: Die Namen *Dr. Neele Fürst*, *Dr. Frieda Hoffmann* und *Dr. Hanna Beerensen* sind reine Tarnung.«

»Mhm...« Barne kratzt sich ein wenig unschlüssig im Nacken. »Ich habe die drei ein wenig genauer unter die Lupe genommen. Nicht nur die Namen, auch die Adressen und Kontonummern sind unterschiedlich«, gibt er zu bedenken.

Hilla legt ihre Stirn in Falten.

»Dennoch klingt das für mich alles nach Tarnen und Täuschen. So als ob es nach jedem Opfer mit einem neuen Namen, einer neuen Adresse und einem neuen Konto von vorne losgeht.«

Ebba, die befürchtet hatte, wieder gegen Hilla argumentieren zu müssen, bleibt vor Überraschung der Mund offen stehen, denn ihre Chefin hat ihr die Worte aus dem Mund genommen.

»Leute«, sagt Hilla und trippelt mit ihren Fingern auf die Tischplatte. »Wir haben hier unleugbar verbindende Elemente zwischen drei Opfern. Die Schnitt- und Stichwunden, die Fesselspuren an den Handgelenken, die Vergewaltigung und das Ausbluten am Ende. Und die einzige Verbindung zwischen diesen Fällen ist die Online-Beratung gegen häusliche Gewalt. Also, Barne, du ahnst sicher schon, was ich wissen will: Wer steckt hinter den Tarnnamen der Therapeutinnen?«

»Dr. Hanna Beerensen habe ich gestern schon angeschrieben, allerdings habe ich keine direkte E-Mail-Adresse von ihr«, erwidert jener. »Man kann sie nur als registriertes Forumsmitglied der Plattform anschreiben. Die Plattform selbst gehört laut Impressum der Webseite einem Verein namens *Schutzwelle e.V.*, also habe ich dort weitergegraben. Doch dieser Verein existiert überhaupt nicht.«

»Wie – er existiert nicht?«, hakt Hilla nach.

»Gar nicht. Jemand hat einfach dieses Forum ins Netz gestellt und beim Impressum geschummelt.«

»Aber für die Online-Beratung müssen die Frauen

doch bezahlen. Oder?«

»Ja, der erste Termin ist gratis, die weiteren müssen bezahlt werden, aber natürlich ist es weit billiger, als zu einer echten Psychotherapeutin zu gehen«, erläutert Barne. »Dazu kommt, dass alle drei abgelegen wohnten – Irma sogar auf einer dünn besiedelten Insel.«

»Mhm«, macht Hilla. »Dann bist du also bei der Plattform nicht weiter gekommen?«

»Nee . . . die scheint durch und durch fake zu sein . . .«

»Am besten folgst du der Spur des Geldes«, unterbricht Max. »Irma hat dieser angeblichen Dr. Beerensen Geld überwiesen, wir haben also ihre Kontonummer. Und über die Kontonummer bekommen wir den richtigen Namen.«

Ebba spürt, wie ihre Wangen glühen. Vor Aufregung hat sie das Gefühl zu fiebern. Die ganze Zeit über malt sie vor Aufregung Kreise mit ihrem Kugelschreiber auf einen von Hillas Notizblöcken. Doch jetzt beginnt dieser Kugelschreiber plötzlich ein Eigenleben zu entwickeln. *Du bist keine Therapeutin, warst du nie, du bist ein Wolf im Schafspelz.*

Im selben Moment spricht Hilla die Worte aus:

»Ich wette, es ist ein Mann.«

35

Max König lümmelt in einem der Drehstühle und genießt ein Fischbrötchen als schnelles Mittagessen, während er seinem Kollegen dabei zusieht, wie jener zuerst seine John-Lennon-Brille zurechtrückt, und dann das Foto eines Mannes von seinem Notebook aus an das elektronische Whiteboard pinnt.

»Die Banken wissen alles – über jeden von uns«, sagt Barne mit beinahe theatralischem Ernst und blickt in die Runde. »Darf ich vorstellen: Das ist Frank Pooch, einundvierzig Jahre alt, bis dato nicht vorbestraft, wohnhaft in Kiel. Ihm gehört das Konto, auf das Irma Buttig die Beträge für die Online-Beratung überwies.«

Nicht nur Max, auch Hilla, deren Mittagssnack lediglich aus schwarzem Kaffee und einem Apfel besteht, und Ebba, die diese Mahlzeit ganz ausfallen lässt, starren das Foto an.

Zu sehen ist ein unscheinbarer Mann von durchschnittlicher Größe und durchschnittlicher Figur. Dem äußeren Erscheinungsbild nach zu urteilen ist er einer jener Typen, die so gewöhnlich aussehen, dass sie nirgendwo auffallen, denkt Ebba. Er trägt Glatze und eine unauffällige Brille mit dünnem silbernem Rahmen, die seine graublauen Augen weder verdeckt noch betont. Und dennoch geht etwas Unheimliches von

seinem Abbild aus, das sie frösteln lässt.
»Woher hast du das Foto?«, fragt Hilla.
»Vom zentralen Fahrerlaubnisregister.«
»Dann hat er ein Auto?«
»Nee, ein Motorrad«, stellt Barne klar. »Eine BMW R18 Classic.«
»Torsten Buttig hat mir erzählt, dass er zwei oder drei Mal einen Motorradfahrer vor seinem Haus gesehen hat – und einmal vor der Tischlerei«, sagt Ebba.
Hillas Kopf fährt herum. »Hat er? Wann?«
»Ein paar Tage vor Irmas Tod . . .«
»Nein, ich meine, wann hat er dir das gesagt?«
Ebba senkt nun ein wenig schuldbewusst den Blick.
»Während du mit dem Krankenhaus telefoniert hast.«
»Und warum hast du mir das nicht berichtet?«, will Hilla wissen und ihrem Ton ist deutlich zu entnehmen, dass sie der Meinung ist, dass Ebba das hätte tun müssen.
»Ja, ähem, hätte ich sollen . . . aber hätte es denn etwas geändert?«
»Hat dieser Pooch Vorstrafen?«, geht Max mit einer sachlichen Frage dazwischen.
»Nöp. Weiße Weste.« Barne zieht die Schultern hoch, als ob er sich dafür entschuldigen müsste.
»Social Media?«
»Ebenfalls negativ. Kein Profil – weder bei Facebook, noch bei Instagram, noch sonst wo. Aber ich konnte rausfinden, dass er mit neunzehn ein Psychologiestudium an der Uni Kiel begann, das er mit einiger Verzögerung sieben Jahre später auch abschloss. Seine Karriere würde ich eher bescheiden nennen, er

hatte selten 'ne Anstellung, die länger als drei Monate dauerte, wechselte häufig den Arbeitgeber, hat aber auch kein Schuldenproblem. Laut SCHUFA alles tipptopp – es liegt also nahe, dass er seinen Lebensunterhalt mit Online-Beratung bestritten hat.«

Einen Augenblick bleibt es ruhig, nur das Knacken von Hillas Apfel und die anschließenden Kaugeräusche sind zu hören.

»Diesen Kerl sollten wir uns dringendst vornehmen«, sagt Max, knüllt seine Serviette zusammen, wirft sie in den Papierkorb und steht auf.

»Nicht so schnell«, bremst Hilla, deren Blick sehr nachdenklich geworden ist. »Das ist heikel. Ich telefoniere zuerst mit der Staatsanwaltschaft.«

Max zieht die Augenbrauen hoch. »Jetzt, wo wir endlich wissen, wer dahintersteckt, möchtest du die Zeit mit Bürokratie vergeuden?«

Hilla zieht einen Flunsch.

»Ich habe bei der Sache ein schlechtes Gefühl.«

»Zurecht«, sagt Ebba, die die Gelegenheit nutzen möchte, das Verhältnis mit ihrer Chefin wieder zu kitten. »Der Mann ist hochgradig gefährlich. Jemand, der so agiert, ist ein Psychopath übelster Sorte. Und er wird alle Beweise vernichten, wenn er die Möglichkeit dazu hat.«

»Welche Beweise meinst du?«, fragt Max. »Denkst du, er hat Andenken von den Opfern mitgenommen?«

»Darüber kann ich nichts sagen, aber ich bin mir sicher, dass er Videos gemacht hat, von jeder einzelnen Tat. Und diese Videos sind seine geheimen Schätze. Die Frauen bluten zu sehen macht ihn an, weil er weiß, dass es echtes Blut ist. Er will sich daran erinnern, wie es riecht und wie es schmeckt.«

Max verzieht das Gesicht zu einer Fratze.

»Das ist ekelhaft. Wir sollten ihn lieber heute als morgen dingfest machen.«

Hilla nickt grimmig. »Natürlich, aber wir dürfen jetzt keine Fehler machen. Zuallererst brauchen wir einen Haftbefehl und einen Durchsuchungsbeschluss für seine Wohnung – nicht, dass ihn ein Anwalt hinterher wegen eines Formfehlers rausboxt.«

* * *

»Diese Affen von der Staatsanwaltschaft spielen nicht mit«, flucht Hilla zwei Stunden später. »Niemand dort traut sich über einen Haftbefehl drüber, weil der Typ 'ne weiße Weste hat und einem Job nachgeht, für den er 'ne Ausbildung hat. Der Durchsuchungsbeschluss für seine Wohnung ist nochmal schwieriger, weil er aufgrund seines Jobs auch über schützenswerte Daten seiner Patientinnen verfügt.«

»Und dass er bei seinen Online-Beratungen unterschiedliche Frauennamen verwendete, lässt auch keine Alarmglocken schrillen?«, hakt Max frustriert nach.

»Nicht zwingend. Ich musste mir anhören, dass es nachvollziehbar wäre, dass er online ein Pseudonym verwendet, mit dem sich seine Klientinnen wohler fühlen – worauf im Übrigen auf der Webseite hingewiesen wird. Dafür wäre dieser Online-Beratungsservice auch deutlich günstiger als eine Sitzung in personam.«

Hilla bläst sich genervt eine Strähne aus der Stirn. Es ärgert sie maßlos, dass sie nach zweistündiger Diskussion mit etlichen Anrufen, die hin und her gingen, nichts vorzuweisen hat.

»Der Staatsanwalt, mit dem ich zuletzt telefonierte, ein gewisser Dr. Stiegler, sagte mir, wir sollen ihn einfach mal vernehmen und dann gucken, ob sich der Verdacht erhärtet. Denn ohne Substrat – das waren seine Worte – kann er sich den Antrag sparen, da ihn kein Richter genehmigen wird.«

»Fuck«, ärgert sich Max. »Und wenn ich ihn provoziere, sodass wir einen Grund haben, ihn festzunehmen? Das hat schon einige Male gut funktioniert.«

»Ich erinnere mich«, sagt Hilla, doch ihr Blick bleibt skeptisch.

»Das funktioniert mit Frank Pooch nicht«, ist Ebba überzeugt. »Der Typ ist nicht blöd und riecht den Braten in der Sekunde. Er lässt euch nicht in die Wohnung, er öffnet euch nicht mal die Tür. Und morgen ist er weg, fängt woanders neu an. Wenn man sein Muster betrachtet, hat er das ohnehin bereits geplant. Er zieht weiter nach Hamburg oder in den Ruhrpott, oder wo auch immer es ihn hin verschlägt. Von häuslicher Gewalt betroffene Ehefrauen, die sich einer Online-Beratung anvertrauen, gibt es wie Sand am Meer. Er stellt einfach eine neue Plattform mit einem neuen Fake-Verein ins Netz, legt sich ein neues Pseudonym und ein neues Konto zu und weiter gehts. Das nächste Opfer wartet bereits um die Ecke.«

»Das ist ein Albtraum«, grollt Max und schleudert vor Wut einen Kugelschreiber Richtung Papierkorb. »Wir müssen sofort etwas tun.«

»Ich könnte ihn befragen«, sagt Ebba. »Allein, meine ich.«

Hillas Kopf fährt herum.

»Du? Allein? Was soll das bringen?«

»Nun, mich lässt er vielleicht in die Wohnung . . .«

»Das wird ja immer besser«, grollt Hilla. »Hendersen bringt mich um, wenn dieser Kerl dir auch nur ein Haar krümmt. Es bleibt uns gar nichts anderes übrig, als ihn einfach bloß zu befragen.«

»Damit ruinierst du den Fall«, entgegnet Max, der sich mittlerweile Ebbas Meinung angeschlossen hat. »Alles, was wir an Beweisen in seiner Wohnung finden könnten, lässt er dann verschwinden. Der einzige Vorteil, den wir derzeit haben – nämlich, dass wir ihn im Visier haben, ohne dass er etwas davon ahnt – ist dann verspielt. Es sollte uns dringend etwas Besseres einfallen.«

Ebba knetet mit einer Hand die Finger der anderen.

»Wenn er mich freiwillig in seine Wohnung lassen würde, wäre es doch legal. Und wenn ich mich dann von ihm bedroht fühlen würde, könnte ich von dort aus die Polizei rufen. In diesem Fall könntet ihr legal einschreiten, oder nicht?«

»Was du immer für Hirngespinste hast«, stöhnt Hilla kopfschüttelnd. »Wenn du mit ihm allein in der Wohnung bist, wirst du keine Gelegenheit haben, die Polizei zu rufen. Es ist nicht immer so, wie sich die kleine Ebba die Welt vorstellt.«

»Unterschätz mich nicht«, sagt Ebba, steht auf, presst ihre grellorange Handtasche an sich und verlässt ohne ein weiteres Wort den Raum.

Max folgt ihr neugierig hinaus auf den Flur. Er überholt sie und bleibt vor ihr stehen.

»Was hast du vor?«

»Willst du mich unterstützen oder aufhalten?«

»Das kommt drauf an, was du vorhast.«

Ebba legt den Kopf schief und blickt ihm geradewegs in die Augen.

»So funktioniert das nicht. Ich muss zuerst wissen, woran ich bin.«

Max kratzt sich ein wenig verlegen im Nacken, setzt dann jedoch wieder sein typisches breites Grinsen auf.

»Nun, du hast etwas gut bei mir – also such es dir aus.«

Ich dachte, ich weiß, wie Frauen ticken.

Marius Westerhoff, Kriminalkommissar

FREITAG

36

Ebba steckt das kleine Messer mit der scharfen Klinge zurück in ihre Handtasche und checkt ihr Gesicht ein letztes Mal in dem kleinen Taschenspiegel, den sie extra eingesteckt hat. Zähne und Lippen sind blutverschmiert und über dem linken Schlüsselbein hat sie eine offene Wunde, die auf ihr kurzes weißes Sommerkleid blutet.

Ins Haus hineinzukommen war nicht schwierig, da das Haustor nicht nicht verschlossen war. Der schwierige Teil kommt erst.

Sie muss rausfinden, wie er tickt. Seine körperlichen Reaktionen miterleben, wenn er ihr Blut sieht und ihre Hilflosigkeit hautnah erlebt.

Wenn er ein Opfer wittert.

Sie atmet noch ein letztes Mal tief durch.

Dann klopft sie an die Tür und hört damit nicht auf, bis sie Schritte hört.

Er öffnet nur einen Spalt. Mehr verhindert die Sicherungskette, die angebracht wurde, um ein plötzliches Aufstoßen der Tür unmöglich zu machen.

Das sagt schon viel aus. Sie hat ihn richtig eingeschätzt, er würde niemals die Polizei ohne Durchsuchungsbeschluss in seine Wohnung lassen.

Die Flurbeleuchtung spiegelt sich in seiner Brille wider, und er wirkt sichtlich angepisst über die Störung. Doch als seine Blicke über ihre Verletzung tasten, flackert ein wenig Neugier auf.

Das kann sie nutzen.

»Ich blute, ich brauche Hilfe . . .«

»Was ist passiert?«

»Mein Ex-Freund ist total ausgerastet . . . bitte, darf ich bei Ihnen kurz telefonieren?«

»Warum bei mir?«, will er wissen, immer noch misstrauisch.

»Ich bin geflüchtet, einfach losgelaufen . . . ich bin zufällig in dieses Haus gelaufen, weil die Tür offenstand . . . bitte, lassen Sie mich telefonieren. Ich will nur meine Schwester anrufen, damit sie mich abholt.«

Wortlos schließt er die Tür, um sie gleich darauf ohne Sicherheitskette wieder zu öffnen.

»Komm rein.«

»Danke.« Sie wankt ein wenig unsicher in die Wohnung und blickt sich um, während er die Tür hinter ihr schließt und die Sicherungskette wieder vorlegt.

Sie tut so, als hätte sie es nicht bemerkt.

Er geht nun voran in sein Wohnzimmer, das keinerlei weibliche Handschrift trägt. Eine dunkle Ledercouch, darüber ein paar alte, gerahmte Fotografien an der weißen Wand. Keine Pflanzen, keine Kunstwerke, stattdessen viel High Tech. Ein riesiger Fernseher, eine enorm aufgemotzte HiFi-Anlage und ein Schreibtisch mit teurem

Computerequipment. Auf der makellos polierten Mahagoni-Oberfläche prangt ein dickes 17-Zoll-Notebook.

Sie stolpert und lässt sich auf die Couch sinken. Auf dem niedrigen Tisch davor liegt ein iPhone.

Er kommt mit einer Packung Papiertaschentücher und einem Glas Wasser aus der Küche und setzt sich ihr gegenüber auf einen Ledersessel.

»Trink das.«

»Danke.«

Sie blickt auf das Handy, das gut sichtbar auf dem Couchtisch liegt.

»Darf ich telefonieren, bitte?«

»Aber natürlich.« Er nimmt es hoch, doch dann verzieht er bedauernd die Mundwinkel nach unten.

»So ein Pech. Der Akku ist leider leer, es will gar nicht mehr anspringen. Ich stecke es schnell ans Kabel.«

Er geht zu seinem Schreibtisch hinüber, wo ein Handyladekabel an einer Steckdose angeschlossen ist.

»Danke«, sagt sie neuerlich und nützt den Moment, in dem er den Stecker des Ladekabels in die Büchse fummelt, um das Wasser in den Spalt zwischen Lehne und Wand zu kippen. Zum Glück liegt hier ein Teppich, der es aufsaugen wird.

Als er sich wieder zu ihr umdreht, stellt sie das Glas auf den Tisch zurück. Seine blaugrauen Augen mustern sie durch die Brille. Er sieht so gewöhnlich aus. Ein männlicher Durchschnittstyp, der nirgendwo auffällt, aber die Vibes, die von ihm ausgehen, sind alarmierend.

Er rückt seine Brille zurecht und kommt auf sie zu. Bevor er sich ihr wieder gegenübersetzt, schiebt er den Ledersessel näher heran.

»In zwei Minuten kannst du telefonieren. Erzähl mir doch inzwischen, was dir zugestoßen ist. Du siehst ja wirklich schlimm aus.«

Das Funkeln in seinen Augen zeugt von echtem Interesse, doch die dahinterliegende Intention verheißt nichts Gutes. Er giert nach Leid, wie ein Vampir nach Blut.

»Mein Ex«, sagt sie und schnieft laut. »Er hat mir aufgelauert.«

Sie zieht nun ihr T-Shirt über das Schlüsselbein, um die blutende Wunde zu entblößen.

Die quellende rote Flüssigkeit verändert sofort seine Atemfrequenz.

Er rückt noch näher und beugt sich zu ihr.

Mit allen Sinnen kann sie es spüren, wie sehr es ihn erregt, ihrer nackten blutenden Haut so nahe zu sein.

»Hat er dich geschnitten?«

»Ja.«

Sie nimmt ein Taschentuch, um es auf die verletzte Stelle zu drücken, doch er stoppt ihre Hand.

»Kein Taschentuch. Sonst gelangen Papierfasern in die Wunde. Ich bringe ein sauberes, nasses Tuch aus der Küche, okay?«

»Okay . . . das ist nett . . . mir ist schwummrig.«

»Das ist ganz normal. Ruh dich kurz aus, ich bin gleich wieder zurück.«

»Okay«, sagt sie mit müder Stimme und wartet darauf, dass er in die Küche geht. Doch er bleibt, wie magnetisch angezogen von diesem blutenden Schnitt. Bestimmt war etwas im Wasser, und jetzt sitzt er einfach da und wartet, bis es wirkt. Bis sie sich nicht mehr wehren kann. Wenn es K.-o.-Tropfen sind, hat er freie Bahn für all seine Gelüste. Wie weit er wohl gehen würde in seiner eigenen Wohnung? Nun, sie hat keine Lust, es herauszufinden.

Ebba rappelt sich hoch und steht auf, wobei sie bewusst ein wenig schwankt.

»Ich muss pipi«, sagt sie, »aber mir ist so komisch.«
Sie streckt ihre Arme nach ihm aus.
»Hilf mir bitte.«

Als er nach ihren dargebotenen Händen greift, geht alles ganz schnell. Hunderte Male geübte Griffe und Bewegungsabläufe haben endlich einen Sinn. Auf Onkel Jorks Geheiß hin hat sie unzählige Stunden mit Selbstverteidigungstraining verbracht, bis sie fähig war, Männer, die zweimal ihr Gewicht hatten, mit der richtigen Technik auf die Matte zu schicken. Sie hat unter Schmerz und Tränen erlernt, sich zu verteidigen – und nun, da sie es mit einem Aggressor aufnehmen kann, hat sie umso leichteres Spiel mit jemandem, der gar nicht damit rechnet. Alles, was sie braucht, sind seine Hände.

Im Bruchteil einer Sekunde liegt Frank Pooch auf dem Boden. Als er sich nach der unerwarteten harten Landung betropitzt hochrappelt, steht Ebba bereits hinter ihm. Er ist noch auf den Knien, als sie den schweren Laptop vom Schreibtisch mit voller Wucht auf seinen Kopf niedersausen lässt.

Das Geräusch, als das schwere Metallgerät auf dem haarlosen Schädel auftrifft, ist Musik in ihren Ohren.

37

Sie tritt dem leblosen Körper kräftig in die Seite. Er zuckt nicht einmal. Gut so, dann muss sie ihn nicht fesseln. Aus einer an der Innenseite ihres Kleides versteckten Tasche, in der sie ihr eigenes Handy mit dabeihat, zieht sie nun dünne Plastikhandschuhe und checkt den Akkustand von Poochs iPhone am Ladekabel. Wie erwartet hat es weit über fünfzig Prozent.

Dieses Arschloch hatte wirklich Übles mit ihr vor.

An der hinteren Wohnzimmerwand hat sie längst eine Tür entdeckt, die in ein weiteres Zimmer führt. Dort möchte sie sich zu gern einmal umsehen.

Es ist das Schlafzimmer, das ganz in Grau und Schwarz eingerichtet ist. Gegenüber dem Bett gibt es einen ultradünnen Flachbildfernseher. Er ist an der Wand montiert und lässt sich kippen, sodass man bequem auf der Matratze liegend eine gute Sicht darauf hat.

Doch was ihr Herz in der Sekunde höherschlagen lässt, ist das dünne schwarze Kabel, das den Fernseher mit einer Videokamera, die auf dem Board darunter steht, verbindet.

Sie nimmt diese Kamera genauer ins Visier. Es ist ein sehr altes Modell, das noch mit diesen niedlichen kleinen Kassetten arbeitet, und es steckt auch tatsächlich eine Kassette drin, die mit *Irma Buttig* beschriftet wurde. Neben der Kamera steht eine kleine Aufbewahrungsbox, in der sich weitere Kassetten befinden. Ordentlich aneinandergereiht zählt Ebba drei originalverpackte Kassetten, und vier, die fein säuberlich mit weiteren Frauennamen beschriftet wurden.

Helga Andersen
Frieda Osterkron
Sabrina Rusch
Barbara Ahlswede

Ach du meine Güte – es sind mehr als drei. Mit Irma sind es fünf. Fünf Frauen ...

Ebba schließt die Klappe der Kamera und stellt den Fernseher an. Anschließend drückt sie die Play-Taste.

Auf dem Bildschirm erscheint das Schlafzimmer der Buttigs, aus eben jenem Winkel, den sie vermutet hat. Irma liegt bereits nackt auf dem Bett, die Hände über dem Kopf an das hölzerne Kopfteil gefesselt. Noch hat sie keine einzige Schnittwunde.

Sie weint, schluchzt und fleht, und Ebba presst die Zähne zusammen. Sie spult vor, denn sie möchte sichergehen, dass das Monster, das diesen Frauen auf so schreckliche Art das Leben nahm, auch auf dieser Aufzeichnung zu sehen ist – dass dieser Beweis Frank Pooch für alle Zeit hinter Gitter bringt.

Als sie das Video wieder startet, ist er tatsächlich gut zu erkennen. Er schneidet gerade eine der geschwungenen Linien unterhalb des Nabels. Irmas Körper ist bereits an einigen Stellen aufgeschlitzt, das Blut läuft in dünnen Bächen über die blasse Haut. Das Opfer und seine Qualen sind beinahe bildfüllend zu sehen, weil er penibel darauf achtet, mit seinem Körper nicht zu viel von ihr zu verdecken.

Du willst, dass alles gut zu sehen ist.

Nicht nur die Schnitte, auch ihre Reaktion darauf – die Angst, die Panik und der Schmerz, der ihr Gesicht entstellt, während du sie quälst.

Pooch genießt es, sie zu quälen, wie Ebba unweigerlich feststellen muss. Er bringt sie zum Weinen, zum Schreien, zum Wimmern und auch wieder zum Schweigen. Das Gemeinste ist, dass er in ihren Kopf eindringt, während er mit dem Messer über ihre Haut fährt und sie mit immer wieder neuen Schnitten zwingt, alles zu sagen, was er hören will.

Du musst es zugeben, Irma. Du weißt, dass du nur eine wertlose Schlampe bist. Jeder weiß das, nicht wahr, Irma? Sag es. Sag, dass du eine wertlose Schlampe bist. Denn das bist du. Sonst würdest du nicht nackt vor mir liegen, mit dieser offenen blutenden Wunde, die du mir zum Eindringen präsentierst...

Ebba drückt auf Stopp.

Es genügt. Vor keinem Gericht der Welt wird er sich noch rausreden können. Sie selbst wird sich den Rest des Videos ersparen. Dank Dr. Meinhards Bericht weiß sie ohnehin, was er Irma noch alles angetan hat, bevor er sie nach Durchtrennen der Baucharterie ausbluten ließ.

Ein Geräusch aus dem Wohnzimmer schreckt sie auf. Ein dumpfer Knall, so als ob ein Vogel gegen das Fenster gekracht wäre. Ist der Kerl schon wieder fit?

Sie strafft ihre Schultern und verlässt das Schlafzimmer, um nachzusehen.

Doch ihre Sorge, dass Pooch wieder zu sich gekommen ist, erweist sich als unbegründet. Er liegt noch genauso ausgeknockt da wie vorhin.

Vermutlich kam der dumpfe Knall tatsächlich von draußen.

Sie verpasst ihm einen weiteren Tritt, diesmal in den Brustkorb. Doch auch darauf reagiert er nicht.

Von seiner Seite droht ihr keine Gefahr.

Sie zieht ihr Handy aus der versteckten Tasche ihres Kleides und kopiert die längst verfasste Nachricht in den Messenger.

Mein Alleingang war ein Fehler. Ich wollte Frank Pooch unbedingt ein paar Fragen stellen. Aber jetzt hält er mich in seiner Wohnung fest. Bitte hilf mir, der Kerl hat ein Messer. Und bitte mach schnell.

Sie schickt sie an Max, der mit Barne im Café gegenüber wartet, für den Fall, dass sie Hilfe braucht.

Nun bleiben ihr noch geschätzte eineinhalb Minuten – Zeit genug, um die Sicherheitskette an der Tür zu lösen und dem Bewusstlosen ein Messer in die Hand zu drücken, dessen Spitze sie zuvor in ihr eigenes Blut getaucht hat. Seine Hand ist schlapp, und als sie die Finger wieder loslässt, die sie an den Schaft gepresst hat, fällt das Messer zu Boden.

Gut, denkt Ebba, so sieht es gleich ein wenig authentischer aus.

38

»Verdammte Scheiße, beeil dich!«, brüllt Max seinem Kollegen zu, als er die Treppe zu Poochs Apartment hochstürmt. Zum Teufel damit, dass er ihr einen Gefallen schuldig wäre, er hätte sich nicht darauf einlassen dürfen – es war von Anfang an eine blöde Idee. Wie konnte er nur auf ein so verrücktes Huhn wie Ebba hören? Was war bloß mit ihm los?

Für einen Stich, der die Baucharterie durchtrennt, braucht man deutlich weniger Zeit als es dauert, ein Café zu verlassen, eine Straße zu queren und eine Treppe hochzustürmen. Er hätte sich nicht breitschlagen lassen dürfen.

Tatsächlich braucht er nur fünfundvierzig Sekunden. Fünfundvierzig Sekunden, von denen ihm jede wie eine Ewigkeit vorkommt – ebenso wie jene, die vergehen, während er heftig gegen Frank Poochs Tür schlägt.

»Ebba? Ebba? Kannst du mich hören? Mach auf!«

Er nimmt Anlauf, um sich mit der Schulter gegen das hölzerne Türblatt zu werfen, als sie doch noch von innen aufgezogen wird.

Barne ist näher dran und lugt mit gezogener Waffe vorsichtig hinein.

»Ebba?«

»Ebba!«, brüllt Max mit voller Lautstärke und

schiebt seinen Kollegen zur Seite.

»Ich bin okay.«

Jetzt sieht er sie. In diesem kurzen weißen Sommerkleid, das überhaupt nicht zu ihr passt, steht sie in dem engen Flur. Sie sieht nicht nur ungemein verletzlich aus, sie ist auch verletzt.

Verdammt, sie blutet.

»Wo ist Pooch?«, fragt er und sie deutet auf den Boden im Wohnzimmer.

Dort liegt ein Mann mit einer hässlichen Kopfwunde. Er scheint bewusstlos zu sein.

Max gibt Barne ein Zeichen, sich um ihn zu kümmern, während er seine Augen nicht von ihrem zarten verletzten Körper abwenden kann.

Das weiße Kleid weist rote Rinnsale auf, die von einer Wunde an ihrem Schlüsselbein herrühren.

»Verdammt, Ebba! Hat er dich . . .?«

»Nur gepikst.«

»Nur gepikst? Das ist verdammt noch mal ein Schnitt! Ich bin so wütend . . . so unfassbar wütend auf mich selbst. Ich hätte nie . . .«

»Alles gut«, fällt sie ihm ins Wort. »Ich bin okay.«

»Das bist du nicht . . . ich mache mir solche Vorwürfe.«

»Hast du eigentlich schon den Notarzt verständigt?«, fragt Barne, der sich über den leblosen Körper beugt, der ein wenig verdreht auf dem Boden liegt.

Ebba schüttelt den Kopf.

»Dann übernehm ich das«, sagt ihr Kollege und zieht sein Handy aus der Tasche.

Max hingegen bleibt auf Ebba fixiert.

»Du hast nicht nur einen bösen Schnitt, du blutest auch aus dem Mund. Du lässt dich auf jeden Fall im

Krankenhaus durchchecken . . .«

»Max?«, unterbricht sie ihn.

»Ja?«

»Zieh dir Handschuhe über und geh ins Schlafzimmer. Dort läuft ein Video auf dem Fernseher und auf dem Board steht die Kamera.«

Schlagartig fällt ihm wieder ein, wieso Ebba diesem Pooch auf den Zahn fühlen wollte.

Nun ist ihm heiß und kalt zugleich.

»Hast du die Videos gefunden?«

Sie nickt und der Anblick ihres blutverschmierten Gesichts tut ihm in der Seele weh.

»Ja. Es sind fünf.«

39

In Marius' Augen erkennt sie das gleiche Entsetzen, das sie schon bei Max bemerkt hat.

»Du siehst schrecklich aus. Woher kommt der Schnitt an deinem Schlüsselbein?«

Sie zieht die Schultern hoch und klimpert ein wenig kokett mit den Wimpern. »Das war meine Eintrittskarte.«

»Wie soll ich das verstehen?«

»Er konnte nicht widerstehen, als er sah, dass ich blutete.«

»Was soll das bedeuten? War das die Idee deiner Kollegen? Das würde ich nämlich überhaupt nicht gutheißen . . .«

»Keine Sorge, das hast du mit den beiden gemeinsam«, unterbricht Ebba grinsend. Es war schon nicht leicht gewesen, Max und Barne zu überreden, sie zu Pooch gehen zu lassen und als Back-Up im Café gegenüber zu warten. Wenn die beiden gewusst hätten, dass sie sich dafür auch noch ein kräftig blutendes Cut verpasst, wären sie gleich wieder ausgestiegen.

»Also hast du dich selbst geschnitten?« Marius' Augenbrauen gehen hoch.

»Deinen Scharfsinn liebe ich am meisten an dir«, flötet Ebba.

»Du bist sowas von durchgeknallt«, schimpft er.
Sie will sich an ihn schmiegen, aber er hält sie mit beiden Händen auf Abstand.
»Moment, das erklärt das Blut an deinem Kleid. Aber warum sind auch deine Zähne und deine Lippen blutverschmiert?«
»Weil es mehr Eindruck macht?«
»Aber was hast du gemacht? Du hast dir nicht auch noch einen Zahn ausgeschlagen, oder?«
Sie lächelt, neigt dann den Kopf in Richtung des verletzten Schlüsselbeins und taucht ihre Lippen ins Blut.
»Okay«, sagt Marius erleichtert, lässt sie los und nimmt ein Pflaster in der richtigen Größe aus der Erste-Hilfe-Box. Er zieht das Plastik ab und klebt es so passgenau wie möglich über die Wunde.
»Dann gehst du jetzt unter die Dusche?«
»Ja.«
Als sie sich dieses Mal anschmiegt, lässt er es zu.
»Soll ich mitkommen? Für den Fall, dass dir schwindelig wird?«
»Nein, alles gut. Ich freu mich auf eine Cola mit Eis hinterher, okay?«
Sie küsst ihn auf die Nasenspitze und hinterlässt dort einen blutigen Abdruck, den er kopfschüttelnd wegwischt.
»Ich dachte, ich weiß, wie Frauen ticken. Aber du hast echt einen an der Waffel«, schimpft er. »Weißt du das?«
Ebba grinst zufrieden. Diese Worte sind zwar nicht nett, aber der Tonfall schon. Sie kann spüren, dass er sie liebt, und das ist ein wunderbares Gefühl.
In der Dusche macht sie das Pflaster wieder ab und

lässt kaltes Wasser über die Wunde laufen. Der Schnitt brennt nur leicht. Sie wird in der Nacht ins Krankenhaus fahren und ihn professionell versorgen lassen. Um drei Uhr früh ist die beste Zeit dafür. Da sind Max und Barne, die derzeit wegen Pooch dort sind und bestimmt auch nach ihr suchen, längst zurück in Flensburg und können sie nicht mit Fragen löchern.

Bevor sie morgen früh in Hillas Büro auftaucht, wird sie alles niederschreiben. Die ganze Geschichte. Wie sie einfach nur mit ihm über die Chats reden wollte, die er mit den Frauen hatte, wie er dann Verdacht schöpfte, dass sie ihm auf der Spur sein könnte und sie nicht mehr gehen ließ, als sie es wollte. Wie sie kurz auf der Toilette verschwand, um den Hilferuf auf ihrem Handy abzusetzen und wie er sie mit dem Messer bedrohte, als sie wieder rauskam. Und dass er ihr schließlich diese Wunde zufügte, um sie gefügig zu machen, weshalb sie vor ihm ins Schlafzimmer flüchtete. Ja, das Schlafzimmer darf sie in ihrer Erzählung nicht aussparen, denn bestimmt hat sie dort auch Blutspuren hinterlassen. Er folgte ihr mit dem verdammten Messer auch ins Schlafzimmer und es gelang ihr, wieder zurück ins Wohnzimmer zu entwischen, wo sie ihm – in höchster Not – das Notebook über den Kopf zog.

Sie lächelt zufrieden, während sie das Prickeln auf ihrem Körper genießt, für das die heißen Wasserstrahlen sorgen.

Ja, so ist die Geschichte stimmig.

Sie nimmt ein wenig von dem Duschgel, das Marius für sie gekauft hat und das wunderbar nach Minze und Erdbeeren riecht, und verteilt es auf ihrer Haut. Den frischen Schnitt spart sie dabei aus.

Es wird eine Narbe bleiben.

Für immer.

Es macht ihr nichts aus. Sie hat unzählige Narben auf ihrem Rücken, mit denen sie leben muss, diese kleine Narbe an ihrem Schlüsselbein spielt für das Gesamtbild keine Rolle mehr.

Ganz im Gegenteil. Der weiße Strich, der letztlich bleiben wird, wird sie immer daran erinnern, dass sie ein Monster aus dem Verkehr gezogen hat. Ein Monster, das nun lebenslang hinter Gittern oder in einer Anstalt verrotten wird. Es ist ein Gewinn für all jene Frauen, denen eine Begegnung mit Frank Pooch in Zukunft erspart bleiben wird.

Es ist eine gute Narbe.

Wo die Liebe hinfällt.

Hilla Ahrend, Kriminalhauptkommissarin

SONNTAG

40

Wenn man über eine Landstraße fährt, führen die Gedanken ein Eigenleben. Das war bei Hilla schon immer so. Sie muss nichts analysieren, nichts recherchieren, und auch nichts organisieren – sie muss nur mit den Füßen die Pedale bedienen und zwei Finger am Lenkrad lassen. Und ab und zu schalten, aber das macht ihre rechte Hand nach mehr als zwanzig Jahren Fahrpraxis von allein – deshalb haben ihre Gedanken Narrenfreiheit. Sie lässt sie laufen, wohin auch immer sie wollen.

Die Wahl fällt auf Ebba.

Die junge Kriminologin mag nicht immer alle Latten am Zaun haben, aber andererseits hat Hilla sie auch unterschätzt. Sogar zwei Mal. Zuerst, als Ebba mit der Serienmörder-Theorie ankam, die sie ihr nicht glauben wollte, und zuletzt, als sie im Alleingang diesen Psychopathen in seiner Wohnung aufsuchte. Was hat sie sich dabei bloß gedacht?

Es war pures Glück, dass sie nicht als Opfer endete. Dieser Mann war nicht nur äußerst gefährlich, er war auch raffiniert. Pooch hatte seine sadistischen Verbrechen mit Hilfe modernster Technik umgesetzt. Die Kollegen vom Spurensicherungsdienst haben neben dem verstörenden Videomaterial auch die Verpackung eines GPS-Trackers in seinem Müll gefunden. Interessanterweise handelte es sich dabei um das gleiche Modell wie jenes, das mittlerweile an Torsten Buttigs Pick-up sichergestellt wurde. Über sein Handy hatte er so den Aufenthaltsort des Ehemannes immer im Blick. Deshalb wusste er, wann er verschwinden musste, und deshalb passte Irmas Todeszeit auch so gut mit dem Eintreffen ihres Mannes zusammen. Pooch hat das wirklich geschickt gemacht, sich für die Tat sogar Torstens Kleidung aus der Schmutzwäsche geholt und sie bei seinem Abgang wieder dort deponiert.

Wie er ins Haus der Buttigs kam, ist noch ungeklärt. Ob er sie gleich an der Tür überfiel oder sich erst mit einer gut ausgedachten Geschichte Eintritt verschaffte? Oder einfach hineinspazierte und die Hausfrau in der Küche überraschte, weil er von seinen Beobachtungen wusste, dass die Tür gar nicht verschlossen war?

Fest steht jedenfalls, dass Pooch seine kranken Begehrlichkeiten zum Beruf gemacht hat – er verdiente Geld damit, sich die schrecklichen Erlebnisse der verzweifelten Missbrauchsopfer schildern zu lassen und sich daran aufzugeilen. Mehr noch – nachdem er ihre häusliche Situation kannte, fiel es ihm leicht, diejenigen herauszupicken, die völlig auf sich allein gestellt waren und sich nirgendwo Hilfe holen trauten. Nur Barbara Ahlswede war diesbezüglich eine Ausnahme – sie ist ihren eigenen Lügen zum Opfer gefallen.

Viele Fragen, die Hilla im Zusammenhang mit den Morden beschäftigen, werden wohl noch eine Weile auf Aufklärung warten müssen, denn Pooch konnte seit seiner Verhaftung noch nicht befragt werden. Die

Kopfverletzung, die Ebba ihm zugefügt hat, ist schlimmer als man annehmen würde. Der Schlag auf den Kopf hat nicht nur den Schädelknochen angeknackst, sondern auch für eine massive Hirnschwellung gesorgt, weswegen die Ärzte den Psychopathen in ein künstliches Koma versetzt haben, aus dem er wohl erst in einigen Tagen wieder erwachen wird. Erst dann wird man wissen, ob Schäden zurückbleiben.

Und wenn? Ihr wäre ein im Rollstuhl sitzender, sabbernder und auf Pflege angewiesener Pooch durchaus recht, aber das wird sie natürlich nicht laut aussprechen.

Als sie im Kreisverkehr die erste Ausfahrt Richtung Hürup nimmt, wird ihr klar, dass sie diese Situation Ebba zu verdanken hat. Und nicht nur das, auch die Tatsache, dass Frank Pooch keine weiteren Bluttaten mehr anrichten wird und dass Angehörige und fälschlich Verdächtige endlich die Wahrheit erfahren.

Ebba hat mit ihrem unkoordinierten und gefährlichen Vorgehen Fakten geschaffen – und ja, auch Leben verändert.

Hendersens Worte fallen ihr wieder ein. *Du wirst mir noch dankbar sein, dass du sie hast.* Damals, vor zwei Jahren, hätte sie geschworen, dass dieser Tag nie kommen würde, aber heute ist es so weit.

Und sie ist aufrichtig froh darüber.

In einer spontanen Gefühlswallung greift sie zu ihrem Handy, um vor ihrem Chef zu Kreuze zu kriechen, doch bevor sie seine Nummer antippt, legt sie es wieder in die Mittelkonsole zurück.

Eigentlich genügt es, dass sie es weiß. Sie muss es ihm nicht sagen.

* * *

Freds Bauernhof, ein Fleckchen Erde südlich von Flensburg, kurz vor Hürup, um genau zu sein, wirkt paradiesisch in der Julisonne, die durch knorrige Eichen und Birken hindurch goldene Tupfen auf den Boden malt. Der Garten ist ein wildes Idyll, das Fred noch nicht so ganz in den Griff bekommen hat. Es gibt viel Buschwerk und eine Menge alte Bäume, von denen manche schon am Ende ihres Lebens angekommen sind.

Einer davon ist ein Apfelbaum, der neben dem Hühnergehege steht und dessen Äste in selbiges hineinragen. In jenes Hühnergehege, das Fred eigenhändig mit Holz und Maschendrahtzaun zusammengezimmert hat und in dem nun die verbliebenen Küken piepsend vor sich hin tapsen.

Hilla atmet tief ein. Sie liebt den ländlichen Geruch nach warmem Gras, frischem Mist und blühendem Flieder, der dort vorherrscht.

So idyllisch sich sein Garten auch präsentiert, Fred steht mit einem frustrierten Gesichtsausdruck davor, seine Hände tief in die Taschen seiner Latzhose vergraben.

»Mina gelangt über den Ast des Apfelbaums hinein«, grummelt er. »Und über den jungen Nussbaum dort im Eck wieder raus. Ich hätte nie gedacht, dass sie . . . ich meine, dass sie so sein kann.«

Hilla legt den Kopf schief und blickt ihn prüfend an.

»Und nun willst du die Katze abgeben?«

»Mina? Nein, natürlich nicht. Sie ist doch mein Liebling, trotz allem.«

Auch wenn seine Stimme knurrig klingt, leuchten seine Augen bei der Erwähnung ihres Namens.

»Es muss schön sein, mit all seinen Fehlern geliebt zu werden«, seufzt Hilla und erntet einen verunsicherten Blick.

»Was meinst du?«

Wenn dein Ex diese Bemerkung nicht von selbst versteht, kannst du dir auch die Erklärung sparen, denkt Hilla und packt ein unverbindliches Lächeln aus.

»Nur, dass Mina Glück hat.«

»Ja«, brummt Fred, »aber ich auch. Es gibt keine zweite Katze wie sie.«

Hilla lacht nun lauthals.

»Wo die Liebe hinfällt«, kommentiert sie spöttisch, während ihre Augen einem Schmetterling folgen, der über dem Lavendel flirrt.

»Mach dich nur lustig«, grummelt Fred. »Ich dachte, du wolltest mir helfen.«

»Keine Sorge, das mache ich auch. Wir fällen den Apfelbaum.«

»Was?«

»Ja, dann sind deine Hühner sicher. Der Baum ist ohnehin morsch. Hat der schon einen Apfel getragen, seit du hier bist?«

»Äh . . . nein, ich denke nicht.«

»Siehst du – und wenn du willst, setzen wir weiter weg vom Hühnergehege einen neuen. Da kannst du sogar die Sorte aussuchen.«

Sie kann an seinem Gesicht sehen, das er angebissen hat. Natürlich wird er wieder ein Projekt daraus machen. Er wird alle Apfelsorten dieser Welt googeln und sie drei Wochen lang jeden Tag mit unterschiedlichen Überlegungen hierzu anrufen. Aber er kann seine Katze und seine Hühner behalten und auch das Leuchten in seinen Augen.

Mehr kann sie nicht für ihn tun.

»Ich hol die Säge«, sagt sie und geht auf den Schuppen zu.

Er läuft ihr hinterher, während er sie bereits mit Fragen bombardiert.

»Was meinst du, wie sollen wir es angehen? Sägen wir den Stamm erst ein wenig an oder nehmen wir gleich die Axt? Und welche, denkst du, eignet sich am besten dafür? Ich habe drei. Eine große, eine kleine und eine mittlere . . .«

Hilla dreht sich mit einem Schmunzeln zu ihm um und ihre Mundwinkel zucken bereits verdächtig.

»Willst du vorher noch 'n Video zum Thema Baumfällen auf YouTube gucken?«

Fred kratzt sich ein wenig verlegen im Nacken.

»Würde dir das nichts ausmachen? Es ist schließlich mein erster Baum, den ich umschneide.«

»Mach nur«, zwitschert sie unbekümmert. »Ich setze mich inzwischen mit einer schönen Tasse Kaffee und einer Zigarette an die Sonne.«

Er lächelt ihr zu.

»Du kannst dich auf die Gartenliege legen«, schlägt er vor.

Hilla erwidert sein Lächeln. Genau das hat sie vor.

Nachwort der Autorin

Liebe Leserinnen und Leser,

an dieser Stelle möchte ich mich sehr herzlich für die Unterstützung bei meinen Freunden, Testlesern und Lektoren sowie den Experten der Kriminalistik und der Medizin bedanken – und natürlich bei Ihnen, liebe Leserinnen und Leser!

Als Autorin freue ich mich, wenn ich Ihnen ein paar spannende und unterhaltsame Stunden bescheren konnte.

*Wenn es Ihnen gefallen hat, würde ich mich über eine Rezension bei Amazon sehr freuen. Ein großes **DANKE** all jenen, die sich kurz Zeit nehmen und ein paar Worte schreiben!*

Für jene, die wissen wollen, wie es mit Hilla, Max, Ebba & Co weitergeht und auch über alle anderen Neuerscheinungen informiert werden wollen: Besuchen Sie meine Website und tragen Sie sich für den Newsletter ein.

www.anneamrum.de

Einmal im Monat erhalten Sie dann spannungsgeladene Post!

Anne Amrum, Juni 2025

www.anneamrum.de
E-Mail: moin@anneamrum.de

Die spannenden Fälle der
SoKo Nord
Gibt es jetzt auch als Hörbücher!

Erhältlich fast überall, wo es Hörbücher gibt!

      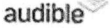   **BookBeat**

Es geht spannend weiter ...

Mit dem **sechsten Fall** der **Soko NORD**
Eis auf Nordstrand von **Anne Amrum**

TATORT NORDSEE

Vor dem Wochenendhaus eines Philosophie-Professors auf der idyllischen Halbinsel Nordstrand wird eine junge Frau tot am Steuer ihres Wagens aufgefunden. Hauptkommissarin Hilla Ahrend und ihr Team finden schnell heraus, dass es sich hierbei um die Haushaltshilfe des Professors handelt.

Warum musste sie sterben? Und welche Rolle spielt das Manuskript eines Buches, das auf dem USB-Stick gespeichert ist, den sie versteckt bei sich trug? Kriminologin Ebba Blum ist bald überzeugt, dass der ehrenwerte Professor so einiges zu verbergen hat. Nur gut, dass es Oberkommissar Max König gelingt, einen guten Draht zu dessen Ehefrau aufzubauen.

Mit „SoKo Nord – Eis auf Nordstrand" wird die neue spannende Serie der Bestseller-Autorin Anne Amrum fortgesetzt. Dieses Mal nimmt sie ihre Leser mit nach Nordstrand, wo helle Sandstrände und bunte Strandkörben eine faszinierende Kulisse für ein grausames Verbrechen bieten.

Erhältlich auf AMAZON!

Die KULTSERIE von ANNE AMRUM

Rüde & Meerkatz

Der erste Fall der Küsten-Kommissare

NORDSEE Mord von Anne Amrum

TATORT NORDSEE

Die sechzehnjährige Inga wird tot im Husumer Watt aufgefunden. Die jugendliche Tote ist ein beliebtes Mädchen aus dem Ort. Ein tragischer Selbstmord, davon ist Hauptkommissar Rüdiger Thomsen überzeugt.

Doch seine neue Kollegin Sophie Meerkatz wittert ein Verbrechen und beginnt unangenehme Fragen zu stellen. Als kurz darauf die beste Freundin der Toten vermisst wird, gerät auch Thomsens Überzeugung ins Wanken. Denn die Mutter der Vermissten ist eine alte Vertraute . . .

Im ersten Teil der spannenden Nordsee-Reihe prallen Welten aufeinander:

Emanzipierte Emsigkeit aus der Hauptstadt trifft auf die Gelassenheit des Nordens. Mit Engagement und Leidenschaft für ihren Job tritt Kommissarin Sophie Meerkatz gegen die Vorbehalte ihres neuen Chefs an und scheut auch nicht davor zurück, zu drastischen Maßnahmen zu greifen.

Erhältlich auf AMAZON!

Printed in Dunstable, United Kingdom